Hamlet

푸 른 숲
징검다리
클 래 식
0 4 4

햄 릿

Hamlet

윌리엄 셰익스피어 지음
송무 옮김

푸른숲주니어

'푸른숲 징검다리 클래식'을 펴내며

어린 시절, 할머니께서 조근조근 들려주시던 옛날이야기는 새로운 세상과 통하는 작은 창이었다. 상상의 날개를 달고 떠나는 창 너머 세상으로의 여행은 들어도 들어도 질리지 않는 재미와 마음속 깊은 곳을 울리는 감동을 선사해 주곤 했다. 그뿐 아니라 우리의 삶을 어떻게 꾸려 가야 하는지 곰곰이 생각해 보게 하는 지혜를 가르쳐 주었다. 말하자면 우리는 그 이야기들을 통해 '삶'을 배운 셈이다.

우리가 문학 작품을 읽어야 하는 까닭 또한 '삶을 배운다'는 점에서 크게 다르지 않다. 우리는 한 편 한 편의 문학 작품을 만나 사랑을 배우고, 우정을 배우고, 진실을 배우고, 지혜를 배운다.

그런 점에서 '푸른숲 징검다리 클래식'은 참 의미가 깊다. 오랜 세월을 거치며 각 나라의 문학사에 확고히 자리매김한 작품들을 한데 모았기 때문이다. 문학을 사랑하는 사람들이 즐겨 읽어 세계적인 명저로 일컬어지는 작품들……. 이를테면 우리 부모 세대, 아니 그 이전 세대부터 즐겨 읽었던 작품들로 많은 이들에게 삶의 의미와 가치를 일러주고, 또 '인생'이란 망망대해에서 등대 역할을 담당했던 것들이다.

세월이 흘러 사람들이 사는 모습도 달라지고 생각도 달라졌다. 그러나 시대와 장소를 뛰어넘어 변하지 않는 것이 있다. 바로 '삶' 이다. 사람이 있는 곳이라면 어디든지 존재하는 삶은 항상 저마다 의 무게를 떠안고 있다. 그 무게는 진실이라는 옷을 입고 문학 작품 속에 영원한 생명을 불어넣는다. 우리는 그것을 '고전'이라 부른다.

　　그러나 제아무리 훌륭한 고전이라 해도 독자가 읽고 소화할 수 없다면 아무런 소용이 없다. 지나치게 방대한 분량과 길고 어려운 문장은 책을 읽으려는 청소년들의 의지를 꺾을 뿐 아니라 좌절감 마저 불러일으킨다.

　　'푸른숲 징검다리 클래식'은 바로 그러한 점을 염두에 두고 기획 된 세계 명작 시리즈이다. 작품이 본디 지닌 맛과 재미를 고스란히 살리면서 우리 청소년들이 읽고 소화하기 쉽게 글을 다듬었다.

　　그리고 본문 뒤에는 현직 국어 교사들이 직접 쓴 해설을 붙였다. 작가나 작품에 대한 풍부한 설명은 물론, 그 작품들이 지니고 있는 현재적 의미까지 상세하게 짚어 보이고 있다. 아울러 해설 곳곳에 관련 정보를 담은 팁과 시각 자료를 배치해, 읽는 재미를 넘어 보는 재미까지 만끽할 수 있도록 했다.

　　아무쪼록 '푸른숲 징검다리 클래식'을 통해 우리 청소년들의 삶 이 더욱더 깊고 풍성해지기를…….

2006년 4월
기획위원　강혜원·전종옥·송수진

| 차례 |

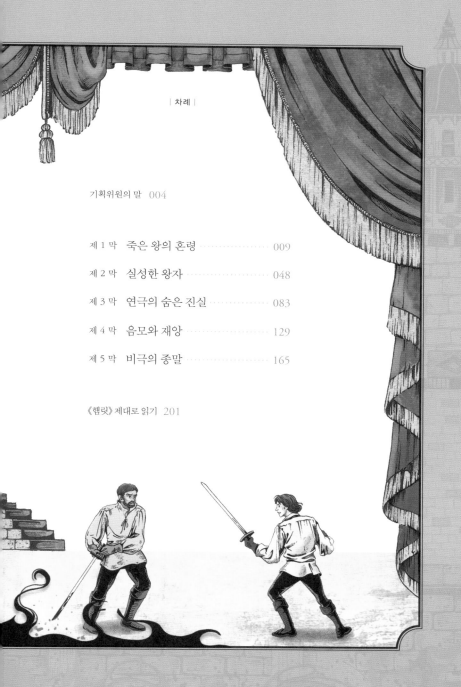

등장인물

햄릿	덴마크 왕자, 죽은 햄릿 왕과 왕비 거트루드의 아들
호레이쇼	햄릿의 학우이자 절친한 친구
유령	햄릿의 죽은 아버지
클로디어스	덴마크 왕, 죽은 햄릿 왕의 동생이자 햄릿의 삼촌
거트루드	덴마크 왕비, 죽은 햄릿 왕의 아내이자 햄릿의 어머니, 지금은 클로디어스의 아내
폴로니어스	덴마크의 대신
레어티즈	폴로니어스의 아들
오필리아	폴로니어스의 딸
레날도	폴로니어스의 하인

로젠크란츠
길든스턴 ⟩ 궁정 신하이자 햄릿의 옛 학우들

볼티맨드
코닐리어스 ⟩ 왕이 노르웨이로 보낸 덴마크 사신들

마셀러스
바나도 ⟩ 군인들, 햄릿과 호레이쇼의 친구이자 학우들
프란시스코

포틴브라스	노르웨이 왕자
오즈릭	궁정 신하

배우들 | 무덤 일꾼들 | 사제 | 부대장 | 전령들 | 선원들 | 잉글랜드 사신들

귀족들과 수행원들 | 경호병들과 군인들 | 레어티즈의 추종자들

제 1 막
죽은 왕의 혼령

〈1장〉

엘시노 성의 망대.

프란시스코가 경계 근무를 서고 있다. 그와 교대하러 바나도 등장.

바나도 거기, 누구야?

프란시스코 묻는 건 이쪽이다. 거기 서! 암호를 대라.

바나도 국왕 전하 만수무강!

프란시스코 바나도?

바나도 맞아, 나야.

프란시스코 제시간에 딱 맞춰 왔군.

바나도 방금 열두 시 종이 쳤거든. 가서 자게, 프란시스코.

프란시스코 교대해 줘서 고맙네. 지독하게 춥군. 기분도 울적하고.

바나도 근무 중에 별일은 없었지?

프란시스코 쥐새끼 한 마리 얼씬 안 했어.

바나도 그럼, 잘 가. 호레이쇼와 마셀러스 만나면 보초 서러 빨리
　　　　　좀 오라고 전해 주고.

프란시스코 저기 오는 것 같은데?

호레이쇼와 마셀러스 등장.

프란시스코 거기 서! 누구냐? 암호는?

호레이쇼 이 땅의 친구.

마셀러스 덴마크 왕의 충복.

프란시스코 수고들 해.

마셀러스 자네도 잘 들어가. 그런데 누구랑 교대했지?

프란시스코 바나도랑. 그럼 수고해. (퇴장)

마셀러스 어이, 바나도!

바나도 여어, 거기 호레이쇼 왔어?

호레이쇼 응, 추위에 잔뜩 쪼그라들긴 했지만.

바나도 어서 와, 호레이쇼. 잘 왔네, 마셀러스.

마셀러스 오늘 밤엔 안 나타났어?

바나도 아직 아무것도 못 봤어.

마셀러스 호레이쇼는 도무지 믿질 않아. 우리가 헛것을 본 거라
면서……. 그 무서운 걸 우리가 두 번이나 봤는데도. 그래
서 오늘 밤엔 같이 보초를 서자고 했지. 이번에도 유령이
나오면 우리 말이 진짜인 걸 알겠지. 호레이쇼가 말을 걸
어 보면 더 좋고.

호레이쇼 나오긴 뭐가 나온다고 그래?

바나도 잠깐 앉아 봐. 귀가 아프겠지만 한 번만 더 들어 주게나.
우리가 이틀 밤이나 본 걸 이야기하는데 그렇게 귀를 닫아
걸지 말고.

호레이쇼 자, 그럼 앉아 볼까? 바나도 이야기를 좀 들어 보지.

바나도 바로 어젯밤이었어. 저기, 저 북극성 서쪽에 있는 별이 저
편 하늘로 가서 반짝이고 있을 때였지. 막 새벽 한 시를 알
리는 종이 울린 참이었는데…….

유령 등장.

마셀러스 가만, 저것 봐. 또 나왔어!

바나도 돌아가신 전하랑 똑같아.

마셀러스 호레이쇼, 자넨 배운 사람이니 말 좀 걸어 보게.

바나도 전하랑 똑같지 않아? 잘 좀 봐, 호레이쇼.

호레이쇼 똑같아. 소름이 끼치는군.

바나도 말을 걸어 줬으면 하는 것 같지 않아?

마셀러스 어서 뭐든 물어봐, 호레이쇼.

호레이쇼 네 정체가 뭐냐? 뭐길래 오밤중에 우리 앞에 나타난 거지? 땅에 묻힌 덴마크 왕께서 생전에 전쟁터에 나갈 때 늠름하게 입으셨던 그 갑옷을 입고서 말이다. 하늘의 이름으로 명령한다. 대답해라!

마셀러스 기분 상한 것 같은데?

바나도 저것 봐, 그냥 가 버리잖아.

호레이쇼 가지 마! 대답해! 명령이다, 대답하라고! (유령 퇴장)

마셀러스 가 버렸어. 대답하기 싫은가 봐.

바나도 호레이쇼, 자네, 떨고 있군. 얼굴도 해쓱하고. 이게 헛것은 아니겠지? 뭔 거 같아?

호레이쇼 내 눈으로 직접 보지 않았다면 절대 믿지 않았을 거야.

마셀러스 전하랑 똑같지 않아?

호레이쇼 꼭 빼다 박았어. 노르웨이 왕과 싸우셨을 때도 바로 저 갑옷을 입으셨지. 찌푸린 표정까지 똑같아. 언젠가 폴란드 썰매 부대와 담판을 벌일 때, 화를 못 참고 놈들을 얼음판에 내동이치셨을 때도 저렇게 찌푸린 표정이었지. 이상한 일이야.

마셀러스 앞서도 저렇게 두 번, 바로 이 시각에 나타나서 우리 앞
　　　　　을 당당하게 지나갔다니까.

호레이쇼 이걸 어떻게 받아들여야 할지 모르겠지만, 아무래도
　　　　　우리나라에 뭔가 괴이한 일이 터질 징조가 아닌가 싶어.

마셀러스 자, 좀 앉자고. 누가 설명 좀 해 봐. 왜 이 나라는 밤이면
　　　　　밤마다 이렇게 망을 보게 하면서 백성들을 고생시키지?
　　　　　왜 날이면 날마다 대포를 만들고, 왜 그 많은 무기를 외국
　　　　　에서 사들이며, 왜 그처럼 조선공들을 징발해 휴일도 없이
　　　　　혹사시키는 거야? 무슨 일이 있기에 이렇게 밤낮 없이 노
　　　　　역을 시키느냐고. 설명해 줄 수 있는 사람 없어?

호레이쇼 내가 설명하지. 돌아가신 전하 말이야. 꼭 닮은 유령이
　　　　　방금 전 우리 앞에 나타나기도 했지만, 자네들도 알다시피
　　　　　그분이 노르웨이 포틴브라스 왕에게 도전을 받은 적이 있
　　　　　었잖나? 경쟁심 강한 포틴브라스 왕이 제 성질을 이기지
　　　　　못하고 겁 없이 걸어온 싸움이었지.

　　　　　우리 전하야 누구나 알아줄 만큼 용맹을 떨치시던 분 아
　　　　　닌가. 멋모르고 덤빈 포틴브라스 왕은 그 결투에서 목숨을
　　　　　잃었을 뿐만 아니라 가지고 있던 땅까지 모조리 몰수당했
　　　　　지. 아, 당연히 결투에 관한 규정에 보장되어 있는 내용이
　　　　　었고, 양쪽 모두 동의를 해서 약속이 된 상태였어. 우리 전
　　　　　하도 규정에 따라 땅을 걸었으니, 만약 포틴브라스 왕이

이겼더라면 그 땅을 모두 차지했겠지.

어쨌든 합의한 조건에 따라 그쪽 땅이 햄릿 왕에게 넘어왔
는데, 이번엔 아직 덜 여문 혈기로 거침이 없는 포틴브라
스 왕자가 문제라네. 이자가 노르웨이 변방에서 먹여만 주
면 무슨 짓이든 하는 불량배를 긁어모았지 뭐야. 뭔가 큰
먹잇감을 노리고 거사를 도모하려는 모양인데……. 제 아
버지가 잃은 땅을 되찾으려는 속셈 말고 뭐가 더 있겠나?
이런저런 준비를 하고 있는 것도 다 그 때문인 것 같아. 지
금처럼 보초를 서는 것도 그렇고. 온 나라가 소란스럽게
된 것도 바로 그런 까닭이지.

바나도 자네 말이 맞아. 내 생각도 그래. 갑옷 차림의 불길한 유
령이 나타난 걸 보면 말이지. 그것도 전쟁을 자주 일으켜
온 우리 왕과 똑같은 모습으로 말일세.

호레이쇼 언뜻 작아 뵈는 일이지만, 심상치 않은 생각을 불러일
으키네. 로마가 한창 잘 나가던 때, 최고 권력자 카이사르
가 살해당하기 바로 전에도 이런 일이 있었다고 하잖아.
수의를 입은 시체들이 무덤을 비우고 나와 기이한 소리를
지르며 로마 거리를 돌아다녔다지? 그뿐인가. 별들이 꼬
리에 불을 달고 떨어지고, 피 이슬이 내리고, 태양에서 재
앙의 징조가 보였다던데. 바다의 조류를 다스리는 달은 월
식을 맞아 최후 심판의 날처럼 깜깜해지고. 이처럼 무서운

사건들을 예고하는 징조들이 지금 우리에게도 나타나고 있는 거야. 숙명적 사건이 닥치기 전에도 늘 전령이 먼저 오잖나? 참극이 공연되기 전에는 서곡이 있듯이.

유령 다시 등장.

호레이쇼 저기 좀 봐! 또 나타났어! 저놈에게 박살이 나더라도 내가 막아야겠어. (유령에게) 거기 서, 허깨비야! 소리를 낼 수 있거나 말을 할 수 있다면 어서 해 봐. 네 한이 풀리고 내게도 도움될 일이 있다면 말해 보란 말이다. 이 나라 운명에 대해 알고 있는 게 있다면, 미리 알아 피할 수 있는 거라면 제발 말해 보라고! 아니면, 너희 유령은 생전에 갈취한 보물을 땅속에 숨겨 두고 미련이 남아 죽어서도 배회한다던데. 그런 거라면 그렇다고 이야기해라. (닭이 운다.) 가지 말고 말을 해 봐! 마셀러스, 못 가게 막아.

마셀러스 창으로 후려칠까?

호레이쇼 서지 않으면 쳐 버려.

바나도 여기다!

호레이쇼 여기야! (유령 퇴장)

마셀러스 가 버렸군. 우리가 잘못했어. 왕처럼 위엄을 갖춘 유령에게 폭력을 쓰려고 하다니. 어차피 공기 같아서 해칠 수

도 없을 텐데 공연한 헛손질을 해서 우스운 적개심만 드러
낸 꼴이야.

바나도 무언가 말을 하려던 것 같았는데 그만 닭이 울고 말았어.

호레이쇼 닭 우는 소리를 듣고선 무서운 소환장을 받은 죄인처
럼 깜짝 놀라더라고. 닭은 아침을 알리는 나팔수 아닌가.
내가 듣기로 수탉이 요란한 목청으로 태양신을 깨우면, 제
영역을 빠져나와 돌아다니고 있던 유령들이 놀라서 허둥
지둥 제가 갇혀 있던 곳으로 돌아간다던데. 그게 물속에
있었든, 불속에 있었든, 땅속에 있었든, 공중에 있었든 말
이야. 지금 보니 그 말이 딱 맞지 뭐야.

마셀러스 닭이 우니 흐릿해지더니 금세 사라져 버렸어. 이런 얘
기도 들었어. 성탄절이 가까워 오면 새벽을 알리는 닭이
밤새 울어 댄다고. 그러면 귀신들이 밖으로 나오지 못해
밤에도 안전하다는 거야. 그것뿐만이 아냐. 별도 사람에게
해를 끼치지 못하고, 요정도 사람을 홀리지 못하고, 마녀
도 주문을 걸지 못한대. 은총이 넘치는 성스러운 시기라는
거지.

호레이쇼 나도 그 이야기 들었어. 어느 정도는 그렇다고 믿어. 그
런데 저것 좀 봐. 아침이 붉은 망토를 두르고 이슬을 밟으
면서 동쪽 산마루를 건너오고 있어. 망보는 일은 이제 마
치자고. 그리고 이건 내 생각인데, 간밤에 우리가 본 것을

햄릿 왕자님께 알리는 게 좋겠어. 유령이 우리에겐 입을 열지 않았지만 왕자님에겐 무슨 말이든 할지도 모르잖아. 자네들도 동의하지? 친구의 도리로서도 그래야 하고, 그게 우리의 직분에도 맞는 일 같아.

마셀러스 그렇게 하자. 어디로 가면 왕자님을 뵐 수 있는지 내가 알아. (모두 퇴장)

〈2장〉

성 안의 방.

나팔 소리가 요란하게 울린다. 왕 클로디어스, 왕비 거트루드, 검은 상복 차림의 햄릿 왕자, 볼티맨드와 코닐리어스를 비롯한 귀족들, 폴로니어스와 그의 아들 레어티즈, 그 밖의 수행원들이 등장한다.

왕 내 사랑하는 형님인 햄릿 왕의 죽음이 아직도 기억에 생생하여, 나를 비롯한 온 나라가 슬픈 얼굴로 애도하는 것이 마땅한 일이지만, 그분을 추모하는 가운데서도 사람의 정을 분별력으로 이겨 내어 국왕의 직분을 잊지 않는 것 또한 지혜로운 일이라 생각하오. 나는 지난날 나의 형수였던 이를 왕비로 맞아들였소. 이 용맹한 국가의 상속자이신 분

을 나는 쓰라린 기쁨과 함께 한눈으로는 웃고, 한눈으로는
울면서, 장례식에서는 즐겁게, 결혼식에서는 슬프게, 기쁨
과 슬픔의 무게를 똑같이 저울질하여 아내로 맞아들였소.
나는 또한 이 일을 결정하면서 여러분의 고견을 막지 않
고, 여러 뜻을 존중하며 혼사를 진행했소. 모두에게 감사
하오.

이건 다른 일인데, 여러분이 한 가지 알아 두어야 할 것이
있소. 포틴브라스 왕자가 내 능력을 얕잡아 보았는지, 아니
면 형님이 돌아가신 뒤로 이 나라가 혼란과 무질서에 빠졌
다고 생각했는지, 어찌 됐든 자기가 유리하다는 망상을 품
고 나를 괴롭히고 있다오. 엄연한 약속에 따라 자신의 아비
가 용감한 내 형님께 잃은 땅을 도로 넘겨 달라는 거요.

그자에 관해선 이쯤에서 그치고, 이 회의에서 논할 이야기
를 하겠소. 내가 포틴브라스 왕자의 숙부인 노르웨이 왕에
게 보낼 편지를 썼소. 왕은 지금 아무 힘도 없이 병상에 누
워 있어 조카가 어떤 생각을 품고 있는지 잘 모르고 있는
듯하오. 그래서 내가 조카의 물자와 군사가 다 왕의 백성
에게서 나오느니만큼, 더 이상 일을 벌이지 못하도록 막으
라고 썼소.

이 일로 코닐리어스 경과 볼티맨드 경을 파견하니, 이 편
지를 노르웨이 왕에게 전해 주시오. 여기 명시된 내용 외

에 왕과 교섭할 수 있는 권한은 주지 않겠소. 서둘러 가서 임무를 수행하시오.

코닐리어스와 볼티맨드 예, 전하. 소임을 다하겠습니다.

왕 잘 다녀오시오. (코닐리어스와 볼티맨드 퇴장) 레어티즈, 넌 무슨 일이냐? 내게 청할 것이 있다고? 덴마크 왕에게 옳은 청을 하고도 거절당하는 일은 없을 것이다. 무엇이냐, 레어티즈? 네가 부탁한 걸 들어주지 않은 적이 있더냐? 머리와 심장이 가깝고 손이 입을 돕는다고 하지만, 이 덴마크 왕과 네 부친 사이만 하겠느냐? 무엇을 원하지, 레어티즈?

레어티즈 전하, 제가 프랑스로 돌아갈 수 있도록 허락해 주십시오. 전하의 대관식에 참석하고자 기꺼이 덴마크에 왔사오나, 이제 그 소임을 마쳤으니 다시 프랑스로 돌아가고 싶습니다. 전하의 자비로운 허락을 구합니다.

왕 네 아버지의 허락은 받았느냐? 폴로니어스 경의 생각은 어떻소?

폴로니어스 전하, 하도 조르는 바람에 하는 수 없이 뜻대로 하라고 승낙했습니다. 떠날 수 있도록 허락해 주시기 바랍니다.

왕 아무 때나 상관없으니, 아무 때나 너 좋을 때 떠나도록 하라, 레어티즈. 시간은 네 것이고, 넌 훌륭한 자질들을 지녔으니, 시간을 마음껏 활용하라. 그리고 내 조카 햄릿, 이제 아들이기도 하다만…….

햄릿 (방백) 촌수는 더 가까워졌지만 마음이 가까워진 것 같지
는 않구나.

왕 네 얼굴에 아직도 구름이 드리워 있으니 어찌 된 일이냐?

햄릿 아닙니다, 전하. 아들로 삼아 주신 은혜의 햇살이 가득 드
리워 있겠지요.

왕비 착한 햄릿, 이제 그 어두운 얼굴과 상복을 벗어 버리고 전
하게 다정한 모습을 보였으면 좋겠구나. 그처럼 눈을 내리
깔고 언제까지나 땅속에 묻힌 네 아버지만 찾을 수는 없지
않니? 죽음이 늘 있는 일이란 건 너도 알지 않느냐? 살아
있는 건 다 죽기 마련이다. 제 삶을 마치고 나면 다 영원한
세계로 가게 되지.

햄릿 그래요, 늘 있는 일이지요.

왕비 그런데 네게는 그게 왜 그처럼 특별해 보이는 것이냐?

햄릿 보이다뇨? 실제로 특별합니다. 저에게는 보이기만 한다는
게 이해가 안 됩니다, 어머니. 상복을 격식 갖춰 입고, 한숨
을 억지로 뱉어 내고, 눈물을 강물처럼 쏟아 내고, 얼굴에
수심이 가득하고, 거기에 슬픔을 표현하는 온갖 형식과 겉
치레를 하는 것만으로는 제 마음을 다 보여 줄 수 없습니
다. 그런 것들이야말로 겉으로 보이는 것이죠. 그건 얼마
든지 꾸며 댈 수 있습니다. 하지만 제 마음 안에는 보이는
걸 넘어서는 무언가가 있습니다. 보이는 건 다 괴로움의

과시이자 치장일 뿐입니다.

왕 햄릿, 아버지를 그처럼 애도하다니 네 선한 마음은 칭찬할 만하다. 하지만 네 아버지도 아버지를 잃었고, 그 아버지도 아버지를 잃었다는 사실을 잊지 마라. 한동안 추모의 슬픔을 보이는 것은 자식 된 도리지만, 지나치게 오래 슬퍼하는 것은 되레 고집스러워 보일 수도 있다. 사내답지 못한 일이야.

그것은 하늘의 뜻을 거스르는 태도이고, 여린 마음과 의연하지 못한 정신, 수양이 부족한 정신력을 보여 줄 뿐이다. 피할 수 없는 일이라는 것, 우리가 수시로 겪게 되는 지극히 평범한 일이라는 것을 알지 않느냐? 그런데 우리가 왜 거기에 화를 내듯 반발하면서 가슴에 담아 두어야 하느냐? 당치 않다. 그건 하늘에 잘못하는 일이고, 죽은 자에게도 잘못하는 일이며, 자연의 질서에도 잘못하는 일이다. 무엇보다 이성적이지 못한 일이지.

이 세상의 아버지는 다 죽는다. 맨 처음 시체가 된 아벨에서부터 바로 오늘 죽은 자에 이르기까지……. 이성은 어쩔 수 없는 일이라고 계속 말하고 있지 않느냐? 그러니 그 부질없는 슬픔은 걷어치우고 이제부터 나를 아버지로 여겨 주기 바란다. 이제 네가 내 왕위를 이어받을 왕세자임을 세상에 알려야 하지 않겠느냐? 나도 어느 아버지 못지않은 사랑을 너에게 베풀고 싶구나. 너는 비텐베르크 대학으로 돌아가고 싶어 하지만, 그건 나의 바람을 거스르는 일이다. 부디 뜻을 굽혀 내 곁에 남아 주기 바란다. 나에게 즐거움과 위안을 주는 으뜸가는 신하이자 조카이자 아들이 되어 주거라.

왕비 이 어미의 기도가 헛되지 않게 해 다오. 햄릿, 제발 우리와 함께 여기서 지내자. 비텐베르크에 가지 말아 다오.

햄릿 마음을 다하여 어머니 뜻에 따르겠습니다.

왕 그래, 사랑의 마음이 담긴 옳은 대답이다. 덴마크에서 나와 똑같은 생활을 누리며 함께 지내도록 하자. 왕비, 이제 갑시다. 햄릿이 이처럼 고분고분 말을 들어 주니 기쁘기 그지없소. 이를 기념하여 오늘 내가 축배를 들 때마다 축포를 쏘아 하늘에 알리고, 하늘은 그걸 다시 땅에 메아리로 응답하게 하겠소. 자, 갑시다. (햄릿만 남기고 모두 퇴장)

햄릿 아, 더럽고 더러운 이 육신, 녹고 녹아 한 방울의 이슬이 되어 버렸으면! 신께서 자살을 금하는 계율이나 만들어 놓지 않았으면 좋았을걸. 아, 하느님, 하느님! 세상만사가 저에게는 한없이 피곤하고, 따분하고, 맥 빠지고, 쓸모없게만 보입니다. 에이, 정말 싫다, 싫어! 세상이 온통 잡초투성이야. 천하고 막된 것들로만 꽉 차 있어. 어떻게 이 지경까지 되고 말았을까!

아버님이 돌아가신 지 겨우 두 달인데. 아니, 그만큼도 아니지, 두 달도 안 됐어. 진짜 훌륭한 왕이셨지. 이 자에 비하면 짐승 앞의 태양신이셨어. 어머니를 얼마나 사랑하셨는지, 얼굴에 부는 찬바람도 막아 주고 싶어 하셨는걸. 아, 하늘이여, 땅이여! 제가 이것들을 다 기억하고 있어야 합니까?

어머니는 늘 아버지에게 매달렸지. 사랑은 받을수록 더 받으려는 마음이 강해지는 것인가. 그런데 한 달도 채 못 되어……. 아니, 생각을 말자. 정말이지 약해 빠졌어, 여자란! 고작 한 달, 가엾은 아버지의 시신을 니오베[1]처럼 울며불며 따라갈 때 신었던 신발이 채 닳기도 전에. 아, 하느님! 사리를 분별하지 못하는 짐승이라 하더라도 더 오래 슬퍼했으련만.

거기다 아버지의 동생인 삼촌과 결혼을 하다니. 나를 헤라클레스[2]에 비할 수 없듯이, 그는 아버지와 비교도 할 수 없는 인간인데. 그것도 한 달도 안 되어서! 울어서 빨개진 눈

---

[1] **니오베** 그리스 신화에서, 많은 자녀를 자랑했다가 앙갚음을 당해 아이들을 다 잃고 통곡하다 돌로 변한 왕비.
[2] **헤라클레스** 그리스 신화에 나오는 위대한 영웅. 올림포스 최고의 신 제우스의 아들로 왕위를 약속받는다. 여신 헤라의 질투로 끝없이 위험에 빠지지만, 힘과 용기로 시련을 극복해 낸다.

에서 거짓 눈물의 소금기가 채 가시기도 전에 결혼을 해 버리다니. 아, 사악할 정도로 빠르다. 친척 간인 두 사람이 그처럼 잽싸게 한 이부자리에 뛰어들다니! 이건 좋은 일이라고 할 수 없어. 결과도 좋을 리 없지. 그런데도 입을 다 물고 있자니 가슴이 터질 것만 같구나.

호레이쇼, 마셀러스, 바나도 등장.

호레이쇼 안녕하십니까, 왕자님!

햄릿 어, 호레이쇼 아닌가?

호레이쇼 맞습니다. 왕자님의 보잘것없는 종이지요.

햄릿 무슨 말을, 이 친구야. 차라리 내가 자네와 이름을 바꿔서 종이 되고 싶군그래. 그런데 비텐베르크에서 왜 돌아왔지?

마셀러스 왕자님!

햄릿 마셀러스, 정말 반갑군. (바나도에게) 잘 있었나? 그런데 비텐베르크에서는 왜 돌아왔어?

호레이쇼 학교를 빼먹기 좋아하는 기질이라서요, 왕자님.

햄릿 제 입으로 자기 흠을 잡는다고 내가 곧이곧대로 믿어 줄 줄 알고? 자네가 어디 말도 없이 학교를 빼먹을 사람인가? 엘시노에는 대체 무슨 일로 왔어? 이왕 왔으니, 자네들이 떠나기 전에 술 마시는 법은 제대로 가르쳐 주겠네만.

호레이쇼 왕자님, 돌아가신 국왕 전하의 장례식에 참석하러 왔습니다.

햄릿 호레이쇼, 나를 놀리지 마. 내 어머니 결혼식을 보러 온 거겠지.

호레이쇼 그렇긴 합니다, 왕자님. 결혼식이 이어서 있었지요.

햄릿 절약해야지, 절약을, 호레이쇼! 장례식에 쓰고 남은 음식이 그대로 결혼식 테이블에 올랐네. 그런 걸 보느니 차라리 내 원수를 천국에서 만났더라면 좋았을 텐데. 아버님이 눈앞에 선히 보이는 것 같군.

호레이쇼 어디에 말입니까?

햄릿 내 마음의 눈에 말이야.

호레이쇼 저도 한 번 뵌 적이 있습니다. 훌륭한 왕이셨죠.

햄릿 어느 면으로 보나 정말 남자다운 분이셨지. 그런 분을 다시는 못 만날 거야.

호레이쇼 왕자님, 사실 제가 어젯밤에 그분을 뵌 것 같습니다.

햄릿 누굴 말인가?

호레이쇼 부친이신 국왕 전하 말입니다.

햄릿 돌아가신 내 아버님을?

호레이쇼 놀라지 마시고 잘 들어 주십시오. 이 친구들을 증인 삼아 제가 겪은 기이한 일을 말씀드리겠습니다.

햄릿 어서 들려주게.

호레이쇼 마셀러스와 바나도 둘이서 이틀 밤을 잇따라 보초를
서던 밤이었다고 합니다. 머리끝에서 발끝까지 왕자님의
아버님과 똑같은 모습으로 군장을 갖춘 형상이 이 친구들
앞에 나타나 위엄 있는 걸음걸이로 유유히 지나가더랍니
다. 이 친구들은 겁에 질려 꼼짝도 못 했다는데, 지휘봉을
뻗으면 닿을 정도로 가까운 거리였답니다. 그것도 이틀 동
안 연거푸.

이 친구들은 겁에 질린 나머지 몸이 후들거려서 벙어리
가 된 것처럼 아무 말도 걸어 보지 못했답니다. 이 두 사람
이 그 얘기를 저에게 은밀히 알리기에, 세 번째 되는 날 밤
에 저도 함께 보초를 섰습니다. 그랬더니 이 친구들 말대
로, 한마디도 다르지 않은 모습으로 같은 곳 같은 시각에
그 유령이 나타났습니다. 제가 왕자님의 아버님을 뵌 적이
있지 않습니까? 저의 두 손이 서로 닮았다 한들 그보다 더
똑같지는 않을 것입니다.

햄릿 거기가 어디라고?

마셀러스 저희가 보초를 섰던 망대입니다.

햄릿 말을 걸어 보지는 않았나?

호레이쇼 말을 걸어 보았습니다, 왕자님. 그런데 대답을 하지 않
더군요. 한번은 고개를 들고 무슨 말을 하고 싶어 하는 듯
했습니다. 그런데 바로 그때, 아침 닭이 요란하게 울었고,

그 소리에 그것이 움츠러들면서 눈앞에서 사라져 버렸습니다.

햄릿 기이한 일이군.

호레이쇼 왕자님, 제게 숨이 붙어 있는 것만큼이나 분명한 사실입니다. 그래서 급히 왕자님께 이 일을 알리는 것입니다.

햄릿 당연히 그래야지. 그런데 이야기를 듣고 나니 혼란스럽군. 자네들은 오늘 밤에도 보초를 서나?

마셀러스, 바나도 네, 왕자님.

햄릿 무장을 했다고 그랬지?

마셀러스, 바나도 네, 무장했습니다.

햄릿 머리끝에서 발끝까지?

마셀러스, 바나도 네, 왕자님. 머리끝부터 발끝까지요.

햄릿 그럼 얼굴은 보지 못했나?

호레이쇼 아니, 봤습니다. 얼굴 가리개가 올려져 있었습니다.

햄릿 그래, 찌푸린 표정이던가?

호레이쇼 노여운 표정이기보다는 슬픈 표정이었습니다.

햄릿 안색은 창백하던가, 붉던가?

호레이쇼 아주 창백했습니다.

햄릿 자네를 똑바로 바라보던가?

호레이쇼 네, 그것도 한참을요.

햄릿 내가 거기에 있었더라면 좋았을 텐데.

호레이쇼 무척 놀라셨을 겁니다.

햄릿 그랬겠지. 오래 머물렀나?

호레이쇼 보통 속도로 백을 셀 정도의 시간이었습니다.

마셀러스, 바나도 더 오래였어.

호레이쇼 내가 봤을 땐 그 정도였어.

햄릿 수염은 반백이던가?

호레이쇼 생전에 뵈었을 때처럼 희끗희끗했습니다.

햄릿 오늘 밤에 나도 거기에 가 보겠네. 아마 다시 나타나겠지.

호레이쇼 틀림없이 그럴 겁니다.

햄릿 내 존귀한 아버님의 형상이 맞다면, 난 설사 지옥이 입을 벌려 막는다 해도 말을 걸어 볼 거야. 참, 자네들에게 부탁해. 이번에 본 것을 자네들이 지금까지 감춰 왔다면, 앞으로도 비밀로 해 주게. 또 오늘 밤에 다른 무슨 일이 있더라도 입 밖에는 절대 내지 말아 주게. 자네들의 우정에는 어떤 식으로든 보답을 하겠네. 잘들 가게. 열한 시와 열두 시 사이에 망대로 가겠네.

모두 왕자님을 위해 저희 직분을 다하겠습니다.

햄릿 직분보다는 우정이 낫겠네. 자네들에게도 내 우정을 보내네. 잘들 가게나. (햄릿만 남기고 모두 퇴장) 갑옷을 입은 아버님의 혼령이라니! 모든 게 심상치 않아. 뭔가 더러운 수작이 있었던 게 아닐까? 어서 밤이 왔으면 좋겠군. 내 영혼아, 그때까지는 침착하게 있어 다오. 부정한 짓은 온 세상 흙으로 덮어 감추어도 결국은 드러나고 말 것이다. (퇴장)

〈3장〉

폴로니어스 저택의 방.
레어티즈와 여동생 오필리아가 등장한다.

레어티즈 짐은 다 실었다. 잘 있어라, 오필리아. 순풍이 불어 떠나는 배편이 있거든, 잠잘 생각만 하지 말고 소식 좀 보내.

오필리아 그러지 않을까 봐 걱정돼?

레어티즈 그리고 햄릿 왕자님 말이야. 요즘 네게 소소한 호의를 보이시는 모양인데, 그건 그냥 일시적인 관심이나 젊은 남자의 장난기 같은 거라고 생각해라. 한창 물오른 제비꽃이 일찍 피기는 하지만 지는 것도 빠르고, 향기는 좋지만 오래가진 않잖아. 금방 사라질 향기라고. 그 이상은 아냐.

오필리아 그 이상은 아니라고?

레어티즈 그렇게 생각하는 게 좋아. 사람이 자라면 덩치만 커지는 게 아냐. 육체라는 집이 커지는 만큼 그 안의 정신과 영혼이 해야 할 일도 늘어나는 법이지. 왕자님이 지금은 널 사랑할지도 몰라. 지금 그분에게 추한 속셈이나 꿍꿍이가 있다고는 보지 않아. 아직은 순수한 마음이 더럽혀지지 않았다고 봐.

하지만 이건 알아 두어야 해. 그분의 지체가 높은 만큼 그분 마음이 그분 혼자만의 것이 아니라는 거야. 타고난 신분에 매여 있어서 일반 백성들처럼 자기 하고 싶은 대로할 수가 없어. 나라의 평안과 번영이 그분의 선택에 달려있거든.

나라가 몸뚱이라면 그분은 머리야. 그러니 뭘 선택하더라도 몸뚱이의 인정과 동의를 받을 수밖에 없지. 그분이 널 사랑한다고 해도, 자신의 특별한 지위가 허용하는 한에서만 행동할 수 있다는 거야. 왕자님은 덴마크 사람들 대다수가 동의하는 일들만 할 수 있어.

그러니 왕자님의 노래를 너무 솔깃해서 듣거나, 그분에게 마음을 빼앗기거나, 혹은 끈질기게 졸라 댄다고 해서 네 순결한 보물함을 열어 주어선 안 돼. 네 순결이 어떤 손상을 입게 될지 깊이 생각해 봐. 조심해, 오필리아. 사랑이 문제 될 땐 뒤로 물러나서 위험한 욕망의 표적이 되지 않는게 좋아.

정숙한 처녀라면 달님에게도 제 아름다움을 드러내선 안돼. 그러다간 당장 헤픈 여자가 되고 만다고. 제아무리 정숙한 여자도 구설수에 오르는 건 순식간이지. 봄에 피는 어린 꽃들은 봉오리를 틔우기도 전에 벌레에게 갉아 먹히고, 이슬 반짝이는 청춘의 아침에도 언제 어느 때 마름병이 번질지 모른다고. 그러니 항상 조심해. 안전을 위해서는 조심하는 게 최고야. 젊음이란 건 누가 곁에 없어도 자신에게 반란을 일으키는 법이니까.

오필리아 오빠 가르침은 잘 새겨들었어. 내 마음의 파수꾼으로 삼을게. 그런데 오빠, 설마 못된 목사들처럼 나에게는 천당 가는 길이 험한 가시밭길이라 말해 놓고, 정작 자기는 바람 든 난봉꾼처럼 허랑방탕한 꽃길을 걷는 건 아니겠지? 오빠가 어떤 충고를 했는지 잊지 말란 뜻이야.

레어티즈 아, 내 걱정은 붙들어 매. 시간을 너무 오래 끈 것 같다.

폴로니어스 등장.

레어티즈 (오필리아에게) 아버지 오셨네. 축복을 두 번 받으면 복도 두 배겠지. 작별 인사를 두 번이나 하게 되었으니.

폴로니어스 레어티즈, 아직도 안 떠났구나. 어서 타지 않고 뭐 하느냐! 돛이 순풍을 안고 너를 기다리고 있다. 자, 너에게 복을 빌어 주마. 그리고 몇 마디 훈계의 말을 할 테니 마음에 단단히 새겨 두어라. 속마음을 함부로 입 밖에 내지 말고, 무모한 생각은 행동으로 옮기지 마라. 친구는 사귀되 저속한 무리와는 어울리지 말고. 그 친구들이 사귈 만하다고 여겨지면, 네 영혼에 쇠줄로 단단히 잡아매 두어라. 하지만 갓 만난 햇병아리들에게까지 일일이 잘 대해 줄 필요는 없다. 싸움에 끼어들지 않도록 조심하고.

하지만 일단 싸움에 끼게 되면 상대가 너를 제대로 알도록 혼쭐을 내주거라. 누구의 말에나 귀를 기울이되, 네 목소리는 함부로 내지 말고. 모든 이의 의견을 받아들이되, 네 판단은 삼가는 게 좋다. 지갑이 허락하는 한 옷차림에 돈을 들이되 요란하지 않은 게 좋고, 고급인 건 좋으나 천박한 건 피해라. 옷이 사람을 드러내는 경우가 많으니까 말이다. 프랑스 귀족들이 그 점에서는 최고라고 할 수 있다. 돈은 빌리지도 말고 빌려주지도 마라. 빚 때문에 돈도 잃고 친구도 잃게 되니까. 또 돈을 빌리다 보면 절약 정신이 무뎌지기 마련이야. 그리고 무엇보다 너 자신에게 성실해야 한다. 그러면 밤이 낮을 따르듯, 자연스레 누구에게나 충실한 사람이 될 수 있을 거다. 잘 가거라. 내 축복이 네 안에서 잘 여물도록 기원하겠다.

레어티즈 그럼 전 이만 가겠습니다, 아버지.

폴로니어스 시간이 얼마 남지 않았다. 어서 가거라. 하인들이 기다리고 있어.

레어티즈 잘 있어, 오필리아. 내가 한 말 잊지 말고.

오필리아 기억 속에 넣고 단단히 잠가 뒀어. 열쇠는 오빠가 잘 보관해 둬.

레어티즈 잘 있어. (퇴장)

폴로니어스 오필리아, 오빠가 무슨 말을 했지?

오필리아 음, 햄릿 왕자님에 관해서요.

폴로니어스 그래, 마침 말 잘했다. 듣자 하니 요즘 왕자가 너를 꽤 자주 만난다더구나. 너도 왕자를 스스럼없이 대하고. 사람들에게서 그런 귀띔을 받았다. 조심시키라는 뜻이지. 그 말이 사실이라면, 내가 참견을 안 할 수가 없구나. 너는 지금 네 처지를 제대로 파악하지 못하고 있어. 내 딸답게, 그리고 정숙한 숙녀답게 처신해야지. 그래, 왕자와 어떤 사이냐? 솔직히 말해 봐.

오필리아 왕자님이 최근에 저에게 여러 차례 애정을 표시했어요.

폴로니어스 애정을? 하! 세상물정 모르는 철부지처럼 말하는구나. 하기야 네가 아직 위험한 일을 겪어 보지 않아서 그렇겠지. 그래, 넌 왕자의 그 애정 표시라는 걸 믿는다는 거냐?

오필리아 모르겠어요, 아버지. 어떻게 생각해야 할지.

폴로니어스 좋아, 내가 가르쳐 주마. 가짜 돈을 받고서도 진짜 돈인 줄 알고 좋아하니 넌 아직 어린아이에 불과해. 좀 더 비싸게 굴 필요가 있어. 그렇지 않으면 너 때문에 내가 웃음

거리가 될지도 모르겠다.

오필리아 아버지, 그분은 아주 점잖게 사랑을 구하셨어요.

폴로니어스 그래, 점잖게 기분이 내켜서겠지. 저런!

오필리아 진심인 걸 보여 주려고 하늘을 두고 온갖 맹세를 다 하
셨는걸요.

폴로니어스 그게 바로 얼빠진 새들을 잡는 덫이야. 누가 뭐래도
내가 잘 알아. 피가 끓어오르면 맹세의 말 따위는 얼마든
지 읊어 댈 수 있는 거야. 얘야, 젊은이들의 그런 열정은 열
보다 광을 더 많이 내는 법인데, 사랑을 약속하는 바로 그
순간에도 쉽게 꺼져 버린단다. 그러니 그걸 진정한 사랑이
라고 믿으면 안 돼.

너는 이제부터 사람들 앞에 나서는 걸 좀 더 삼가야겠다.
왕자가 만나자고 해도 선뜻 나가지 말고 좀 비싸게 굴어.
햄릿 왕자는 나이도 젊은 데다 너보다 훨씬 자유롭게 행동
할 수 있는 신분이라는 걸 명심해야 해.

우선, 왕자의 맹세를 믿지 마라. 맹세라는 건 겉에 걸치는
옷으로만 판단할 수 없는 뚜쟁이 같은 거야. 뚜쟁이들처럼
거룩한 말을 속삭이면서 더러운 일을 하도록 꼬드기지. 더
잘 속여 먹으려는 속셈으로 말이야.

분명히 말하는데, 지금 이 시간부터는 무슨 일이 있어도
햄릿 왕자와 어떤 약속을 하거나 말을 나누는 걸 허락하지

않겠다. 명심해, 이건 명령이다. 가자.

오필리아 그렇게 할게요, 아버지. (모두 퇴장)

〈4장〉

망대.

햄릿과 호레이쇼, 마셀러스 등장.

햄릿 바람이 살을 에는 것 같군. 정말 추운 날이야.

호레이쇼 물어뜯는 것 같군요. 매서운 바람입니다.

햄릿 지금 몇 시지?

호레이쇼 아직 열두 시는 안 되었습니다.

마셀러스 아냐, 열두 시 종이 이미 쳤어.

호레이쇼 정말? 내가 못 들었나 보군. (햄릿에게) 그럼 이제 유령
이 나타날 때가 거의 다 됐습니다. (요란한 나팔 소리. 대포 두
발이 발사된다.) 왕자님, 저게 무슨 소리죠?

햄릿 오늘 밤에 왕이 밤새도록 진탕 술을 마시며 요란스러운 춤
을 추는 잔치를 벌인다네. 왕이 독일산 포도주를 한 잔씩
비울 때마다 악사들이 요란하게 북을 치고 나팔을 불지.
왕이 술잔을 단숨에 비웠다는 걸 세상에 알리는 거야.

호레이쇼 저러는 게 관행인가요?

햄릿 그렇긴 해. 난 이곳에서 나고 자라 저런 풍습에 익숙하지만, 저런 관행은 지키기보다는 깨는 편이 더 좋다고 생각해. 저렇게 정신없이 흥청망청 먹고 마셔 대니 여기저기 이웃 나라에 흉을 잡히고 욕을 먹는 거야. 다들 우리를 '주정뱅이' 혹은 '돼지 같은 놈들'이라고 불러 댄다고. 그러니 우리가 아무리 굉장한 업적을 보여도 아무 소용이 없어. 저런 악습이 우리가 진짜 내세울 만한 위업을 다 깎아 먹으니까.

그런데 그런 일은 개인에게도 일어날 수 있어. 성격상의 흠, 이를테면 타고난 흠 때문에, 하긴 본성을 마음대로 골라 태어날 수는 없으니 딱히 당사자 죄는 아니지만, 어떤 성질이 지나치게 웃자라면 때때로 이성을 무너뜨리게 돼. 어떤 습관에 너무 익숙해지면 세상의 미풍양속을 해치기도 하고. 이런 사람은 본성의 탓이든 운명의 탓이든, 그 결함 때문에 그 밖의 장점이 수없이 많더라도 세상 사람에게 썩었다는 말을 들을 거야. 설령 더없이 순수하다 해도…… 아무리 고상한 사람이라도 그릇된 행동 하나로 추문을 면치 못할 수 있단 말일세.

유령 등장.

호레이쇼 저기 보세요. 왕자님, 나타났습니다!

햄릿 천사들이여, 지켜 주소서! 구원의 신령이냐, 저주받은 악귀냐? 네가 천국의 미풍을 실어 왔든 지옥의 삭풍을 몰고 왔든, 네 의도가 사악하든 자비롭든, 이처럼 수상한 모습으로 왔으니 내가 먼저 말을 걸겠다. 난 지금부터 너를 햄릿 왕, 즉 나의 아버지이자 덴마크 왕이라 부르겠다. 자, 대답하라. 영문을 몰라 속이 터지게 하지 말고, 어서 말해 봐. 격식을 갖춰 관에 들어간 시신이 왜 수의를 찢었으며 조용히 묻혀 있던 모습을 우리가 똑똑히 보았는데, 어째서 무덤이 무거운 대리석 턱을 벌리고 너를 다시 토해 내었는지. 죽어 시체가 된 자가 무슨 까닭으로 완전 무장을 하고 이처럼 어스레한 달밤에 나와 사람들을 공포로 몰아넣는 거지? 무슨 까닭으로 자연의 어릿광대인 우리의 마음을 이처럼 뒤흔들어 놓는 것이냐? 말해 보란 말이다. 왜 이러는 거야? 무엇 때문에? 우리가 어떻게 해야 하지? (유령이 햄릿에게 손짓한다.)

호레이쇼 왕자님께 따라오라고 손짓합니다. 왕자님께만 따로 하고 싶은 말이 있는 것 같습니다.

마셀러스 저 봐요, 아주 정중하게 손짓하고 있습니다. 좀 더 외딴 곳으로 가자는 겁니다. 따라가지 마십시오.

호레이쇼 절대 따라가시면 안 됩니다.

햄릿 여기에선 말을 하려고 하지 않잖나? 그렇다면 내가 따라
　　　가는 수밖에.

호레이쇼 안 됩니다, 왕자님.

햄릿 무서울 게 뭐가 있느냐? 내 목숨이야 바늘 하나 값도 안 될
　　　것이고, 영혼으로 따지자면 똑같이 불멸인데……. 저것이
　　　내 영혼에 무슨 짓을 할 수 있겠어. 저것이 또 날 부른다.
　　　따라가 보아야겠다.

호레이쇼 저것이 바닷가나 벼랑 끝으로 유인하고선 갑자기 무서
　　　운 모습으로 변하여 왕자님의 정신을 빼앗아 미치게 만들
　　　면 어쩌시렵니까? 잘 생각해 보십시오. 벼랑 끝에 서 있기
　　　만 해도, 수십 길 아래 바다를 내려다보고 요란한 파도 소
　　　리를 듣고 있으면, 별다른 이유 없이도 누구에게나 극단적
　　　인 충동이 생기기 마련입니다.

햄릿 나에게 계속 손짓을 하고 있어. (유령을 보며) 앞장서라! 따
　　　라가겠다.

마셀러스 가시면 안 됩니다, 왕자님.

햄릿 놓아라.

호레이쇼 진정하십시오. 못 가십니다.

햄릿 내 운명이 소리쳐 부르고 있다. 이 몸의 작은 핏줄 한 올 한
　　　올이 네메아 사자[1]의 힘줄처럼 팽팽해지고 있어. 아직도
　　　저것이 나를 부르고 있다. 어서 손을 놔. 날 막는 자는 죽여

서 유령으로 만들어 주고 말겠다. 비키라니까! (유령에게) 앞장서라. 너를 따라가겠다. (유령과 햄릿 퇴장)

호레이쇼 왕자님이 헛것에 홀려서 다른 건 전혀 보지 못하시는 구나.

마셀러스 따라가 보자. 따라오지 말란다고 이대로 가만히 있을 수는 없잖아.

호레이쇼 쫓아가 봐야지. 이 일이 어찌 될까?

마셀러스 덴마크란 나라는 어딘가 썩은 데가 있어.

호레이쇼 하늘이 알아서 하겠지.

마셀러스 어서 따라가 보자고. (모두 퇴장)

〈5장〉

망대의 외진 곳.

유령과 햄릿 등장.

햄릿 날 어디로 데려가는 거냐? 더는 따라가지 않겠다.

유령 듣거라.

---

[1] **네메아 사자** 그리스 신화에서 헤라클레스가 물리친 불사신의 사자.

햄릿 말하라.

유령 시간이 거의 다 되었다, 뜨거운 유황불에 이 몸을 맡겨야
할 시간이……

햄릿 가엾은 혼령이구나!

유령 나를 동정하지 말고, 내 말을 신중하게 들어라. 밝히고 싶
은 것이 있다.

햄릿 말하라. 나도 무슨 얘기인지 꼭 들어야겠다.

유령 내 얘기를 듣고 나면 꼭 복수를 해야 한다.

햄릿 뭐라고?

유령 난 네 아비의 혼령이다. 밤에만 잠깐 나다닐 수 있고, 낮에
는 아무것도 먹지 못한 채 불구덩이에 갇혀 있어야 한다.
살아서 저지른 더러운 죄가 다 타서 없어질 때까지 그래야
할 운명이다. 내가 갇힌 곳의 비밀을 말한다면, 내가 어떤
얘기를 꺼내든 네 영혼은 갈가리 찢길 것이다. 네 젊은 피
는 당장 얼어붙을 것이며, 네 두 눈은 유성처럼 눈구멍에
서 튀어나올 것이고, 공들여 손질한 네 머리카락은 헝클어
져 머리칼 한 올 한 올이 성난 고슴도치 바늘처럼 곤두설
것이다. 하지만 저승의 영원한 비밀을 살아 있는 인간의
귀에 들려줄 수는 없다. 잘 들어라, 네가 아비를 진정 사랑
했다면 말이다.

햄릿 오, 하느님!

유령 아비가 당한 추악하고 흉악한 살인에 복수해 다오.

햄릿 살인이라고!

유령 더없이 추악한 살인이다. 살인치고 추악하지 않은 게 어디 있겠냐마는, 이건 더없이 괴이하고 흉악하다.

햄릿 어서 말해 주시오. 생각처럼 빠르게, 사랑의 상념처럼 빠르게 복수를 향해 날아가리다.

유령 금방 알아듣는구나. 이 말을 듣고도 흥분하지 않는다면 넌 저승길 망각의 강가에서 자라는 한가로운 잡초보다 더 둔한 녀석이다. 자, 잘 들어. 세상에는 내가 정원에서 자다가 독사에게 물려 죽었다고 알려져 있다. 덴마크 사람들이 다들 이 날조된 이야기에 감쪽같이 속고 있지. 하지만 넌 영리한 아이이니 똑바로 알아야 한다. 네 아비의 목숨을 앗아 간 그 독사가 지금 왕관을 쓰고 있다는 걸.

햄릿 아, 어쩐지 예감이 이상했어! 삼촌이!

유령 그래. 형수와 간통한 그 짐승, 그놈이 교묘한 꾀를 쓰고 음흉한 재주를 부려 더할 나위 없이 정숙해 보이던 왕비의 마음을 차지하고 음란한 욕정을 채우고 말았다. 왕비를 그처럼 잘 꾀어내다니, 참으로 사특한 꾀와 재주야.

오, 햄릿. 이런 몹쓸 타락이 어디 있느냐! 결혼식에서 한 맹세를 조금도 어기지 않고 변함없는 사랑을 바친 나를 버리고, 나보다 못한 비열한 놈의 품으로 떨어지다니! 욕정이 제아무리 천사의 모습으로 유혹해도 정숙한 사람은 끄덕하지 않지만, 음탕한 사람은 천사와 짝이 되어 하늘의 침대에서 욕구를 채우고 나서도 쓰레기통의 썩은 고기를 또 먹으려 하는 법이지.

가만, 새벽 공기 냄새가 나는구나. 간단히 말하마. 언제나 그랬듯이, 그날 오후에도 나는 정원에서 낮잠을 자고 있었다. 편안하게 잠이 든 그때, 네 삼촌이 독물이 든 병을 가지고 몰래 다가왔지. 그러고는 그 독물을 내 귓구멍에 쏟아부었다. 나병 증세를 일으키는 약물을 말이다. 사람의 피와는 상극인 이 약물은 수은처럼 빠르게 크고 작은 혈관으로 번져 나가, 우유에 식초를 떨어뜨릴 때처럼 순식간에 퍼져 맑고 건강한 피를 뻑뻑하게 굳힌다.

내 피도 그렇게 되었다. 나병에 걸린 것처럼 더럽고 징그러운 딱지가 생기면서 매끈했던 온몸을 부스럼이 온통 나무껍질처럼 뒤덮어 버렸지. 나는 그렇게 낮잠을 자던 중에 동생의 손에 목숨과 왕관과 왕비를 한꺼번에 빼앗기고 말았다. 한창 죄를 많이 짓고 있을 때 생명이 끊어져서 성체를 받지도 못하고, 영혼을 하나님께 의탁하는 종부성사도 치르지 못하고, 고해성사 한마디 올리지 못하고, 머리에 온갖 허물을 인 채 하늘의 심판대로 보내진 것이다.

아, 무섭구나! 정말 무서워! 너에게 자식의 정이 있다면 참아서는 안 된다. 덴마크 왕의 침실이 욕정과 패륜의 잠자리가 되지 않도록 하거라. 다만, 이 일을 어떤 식으로 밀고 나가든 네 마음을 변질시켜서는 안 된다. 또 네 어머니에게 해가 되는 일은 꾸며선 안 된다. 어머니는 하늘에 맡겨라. 양심에 박힌 가시들이 아프게 찔러 대도록 두거라. 이제 곧 헤어져야겠구나. 반딧불이 희미해진 걸 보니 아침이 가까이 온 것 같다. 잘 있거라, 잘 있어. 햄릿, 나를 잊지 말아 다오. (퇴장)

햄릿 아, 하늘의 별들아! 땅아! 또 무엇을 불러야 하지? 지옥도 불러야 하나? 에이, 치워라! 견뎌라, 심장아, 견뎌 줘. 내 몸의 근육아, 금방 허약해지지 말고 나를 단단히 버텨 다오. 잊지 말라고? 알겠다, 불쌍한 혼령이여! 이 어지러운 머리에 기억이 자리 잡고 있는 한 결코 잊지 않겠다! 좋아, 젊은 시절에 보고 듣고 베껴 놓았던 그 시시껄렁한 기록들과 책에서 따온 격언들, 묘사와 감상들은 기억의 수첩에서 모조리 지워 버리고, 오로지 네 명령만을 머릿속에 남겨 두겠다. 다른 잡스러운 것과 뒤섞이지 않도록. 맹세코 그럴 것이다!

아, 참으로 몹쓸 여인이야! 아, 악당, 악당! 이 악당이 아무렇지도 않게 웃고 있어. 빌어먹을 악당 놈이! 수첩에 적어 두어야겠다. 웃는 사람이라도 악당이 될 수 있다고, 적어도 덴마크에서는 그럴 수 있다고. (글을 쓴다.) 그래, 삼촌!
그게 바로 당신이지. 앞으로 이 말을 내 좌우명으로 새길
것이다. '잘 있거라, 잘 있어. 나를 잊지 말아 다오.' 그래,
난 그러리라 맹세했다.

호레이쇼와 마셀러스, 햄릿 왕자를 부르면서 등장한다.

호레이쇼 왕자님, 왕자님!

마셀러스 햄릿 왕자님!

호레이쇼 하느님, 왕자님을 지켜 주십시오!

햄릿 (방백) 부디 그래 주시길!

호레이쇼 어디 계세요, 왕자님!

햄릿 여기야, 여기.

마셀러스 왕자님, 괜찮습니까?

호레이쇼 무슨 일 있었습니까, 왕자님?

햄릿 굉장한 일이 있었어!

호레이쇼 왕자님, 말씀해 주십시오.

햄릿 안 되겠네, 비밀을 지키지 못할 테니.

호레이쇼 제가 그럴 리 있겠습니까?

마셀러스 저도 아닙니다.

햄릿 자네들은 이 일을 어찌 생각할지 모르겠군. 사람이 차마

그런 일을 상상이나 할 수 있겠나? 비밀은 꼭 지킬 거지?

호레이쇼와 마셀러스 맹세하겠습니다, 왕자님.

햄릿 덴마크에 사는 악당치고 악랄하지 않은 놈은 없지.

호레이쇼 그 말을 하려고 유령이 무덤에서 나왔다는 건가요?

햄릿 그래, 맞아. 그러니 더 수선 떨 것 없이 악수나 하고 이대로 헤어지는 게 좋겠네. 볼일도 있고, 하고 싶은 일도 있을 것 아닌가? 불쌍한 이 몸은 가서 기도나 해야겠어.

호레이쇼 말씀을 아무렇게나 하고 계시는군요, 왕자님.

햄릿 내 말에 기분이 상했다면 미안해. 진심이야.

호레이쇼 기분 상한 건 없습니다, 왕자님.

햄릿 아냐. 분명 기분이 상했을 거야, 호레이쇼. 아마도 크게 상했을걸. 아까 그 환영 말이야. 진짜 망령이었어. 그 말만 해 둘게. 혼령과 나 사이에 무슨 일이 있었는지 궁금하겠지만 그것까지 알려고는 하지 마. 대신에, 내 작은 청을 하나 들어줘. 친구이자 학자이자 군인으로서 말이야.

호레이쇼 무슨 청입니까, 왕자님. 당연히 들어 드려야죠.

햄릿 오늘 밤에 본 걸 아무에게도 말하지 말아 줘.

호레이쇼와 마셀러스 그러겠습니다.

햄릿 아니, 맹세하게.

호레이쇼 절대로 말하지 않겠습니다.

마셀러스 저도 말하지 않겠습니다, 왕자님.

햄릿 내 칼에 걸고 맹세해.

마셀러스 왕자님, 이미 맹세했습니다.

햄릿 내 칼에 걸고 진심으로 맹세하게.

유령 (무대 아래에서 외친다.) 맹세하라!

햄릿 아하, 망령께서 말하시는 건가? 거기 있나? 자네들에게도 땅 밑에 있는 저 친구 말이 들리나? 어서 맹세한다고 하게.

호레이쇼 무슨 말로 맹세할까요, 왕자님.

햄릿 자네들이 본 것을 절대로 말하지 않겠다고, 내 칼에 걸고 맹세하게.

유령 (무대 아래에서 외친다.) 맹세하라!

햄릿 아무 데서나 튀어나오는군. 우리가 자리를 옮기는 게 좋겠어. 자, 이쪽으로 와서 내 칼에 손을 얹게. 칼에 대고 맹세해, 자네들이 들은 것을 절대 말하지 않겠다고.

유령 (무대 아래에서 외친다.) 맹세하라!

햄릿 말 잘했다, 두더지 양반! 땅을 그리 잘 파시나? 훌륭한 공병이시군! 친구들, 한 번 더 자리를 옮기지.

호레이쇼 이것참, 기괴한 일이군.

햄릿 우리를 찾아온 손님이라 생각하고 환영해 주도록 해. 하늘과 땅에는 사람의 지식으로는 꿈도 꾸지 못할 일이 많지. 호레이쇼, 이리 와. 여기에서 아까처럼 맹세를 하도록 해. 앞으로 내가 어떤 필요에 따라 괴상한 광대 짓을 하게 될지도 모르네. 그때 내가 아무리 이상하고 엉뚱한 행동을 하더라도 이렇게 팔짱을 끼거나 머리를 내저으면서 '그럼, 그럼. 알고말고.'라거나, '뭐, 말하라면 할 수도 있지.'라거나, '우리야 잠자코 있어야 하는 처지라.'라거나, '내용을 아는 사람들이 있기야 있지.'와 같은 아리송한 말을 뱉어선 안 돼. 나에 대해 뭔가 아는 척하려고 애매한 암시를 흘리는 따위의 말을 일절 하지 말라는 거야. 그러지 않겠다고 맹세해 줘. 은총과 자비가 필요할 때 함께하기를 바랄 테니……. 어서 맹세해.

유령 맹세하라! (모두가 맹세한다.)

햄릿 마음 놓아라, 마음 놓아, 걱정 많은 혼령이여. 자, 내 모든 진심을 담아 자네들에게 날 맡기겠어. 나처럼 가진 것 없는 사람도 신이 허락하는 한, 자네들에게 사랑과 우정을 주는 데만은 아낌이 없을 거야.

다들 들어가자고. 그리고 늘 손가락으로 입술을 꽉 막고 있어. 부탁이야. (방백) 세상이 뒤죽박죽 엉망이야. 이걸 바로잡으려고 내가 태어났다니 팔자도 사납지. 자, 다들 함께 가세. (모두 퇴장)

실성한 왕자

〈1장〉

폴로니어스의 저택.

폴로니어스와 레날도 등장.

폴로니어스 이 돈과 편지를 전해 주게, 레날도.

레날도 네, 알겠습니다.

폴로니어스 그런데 이렇게 머리 한번 써 보지 않겠나? 레어티즈
　　　를 만나 보기 전에 그 애 행실이 어떤지 먼저 알아보라고.

레날도 안 그래도 그럴 생각이었습니다.

폴로니어스 그래, 잘 생각했네, 잘 생각했어. 우선 파리에 사는 덴마크 사람들에 대해 좀 알아보게. 누가 어떤 연유로 와서 어디에 살고, 누구랑 어울리고, 돈은 얼마나 쓰는지 알아보라고. 에둘러서 은근슬쩍 물어보다가, 혹시라도 그 사람들이 내 아들을 알거든, 이것저것 캐 볼 것 없이 바로 핵심으로 들어가. 그 아이를 한 다리 건너 아는 척하면서 말이야. 이를테면 '그 친구 부친을 알지요. 그 친구도 조금 알고요.' 하는 식으로. 알아듣겠나, 레날도?

레날도 네, 잘 알겠습니다.

폴로니어스 그 사람을 알긴 알지만, 잘은 모른다고 말하는 게 낫겠지. 그리고 '그 친구, 꽤 난잡하죠? 이런저런 일에 얽혀 있더군요.'라고 말하게. 아무거나 지어내서 뒤집어씌우라고. 망신거리가 될 만큼 저질스러운 것은 말고. 그 점은 조심해 주게. 자유분방한 젊은이들이라면 주로 저지를 수 있는 방탕한 행동이나 실수 같은 건 괜찮네.

레날도 도박 같은 것 말씀이죠?

폴로니어스 그래. 술, 싸움, 욕지거리, 계집질, 그 정도는 괜찮겠지.

레날도 자칫하다간 망신거리가 될 수도 있을 텐데요.

폴로니어스 그건 자네가 어떤 식으로 흠을 잡느냐에 달렸지. 심각한 망신거리를 더해서는 안 되네. 못 말리는 바람둥이라고 해서는 안 된다고. 그건 내가 원하는 게 아니야. 결점을 교묘하게 말해서 그저 자유분방한 젊은이처럼 보이게 하라고. 불 같은 성격이 순간적으로 터져 나오거나 혈기를 누르지 못해 거친 행동을 하는 건 아주 흔한 일이잖나?

레날도 그런데 저…….

폴로니어스 왜 그런 염탐을 해야 하느냐고?

레날도 네, 이유를 알고 싶습니다.

폴로니어스 난 이게 아주 좋은 생각이라고 보는데……. 자네가 내 아들의 이런 작은 흠을 잡아 주면, 그러니까 그게 세상 살다 보면 어쩔 수 없이 묻게 되는 때나 되는 것처럼 말이지. 잘 듣게나. 그러면 자네 말을 듣는 상대방은, 그러니까 자네가 떠보려는 그 사람은 내 아들이 나쁜 짓을 하는 걸 본 적이 있다면 틀림없이 맞장구를 칠 걸세.

레날도 무슨 말씀인지 알겠습니다.

폴로니어스 그런 다음, 그 사람이……, 그 사람이……. 아니, 내가 무슨 말을 하려고 했더라? 이런! 내가 무슨 말인가를 하려고 했는데……. 어디까지 했지?

레날도 '틀림없이 맞장구를 칠'거라고 하셨습니다.

폴로니어스 맞장구? 맞아, 그랬지. 이렇게 맞장구를 칠 거야. '나도 그 사람을 압니다. 어제 봤거든요.'라든가, '아무 날, 아무개랑 있는 걸 봤는데 말씀대로 도박을 하고 있더군요.'라든가, '술에 잔뜩 취해 있더라고요.'라든가, '테니스를 치다가 싸움을 벌였습니다.'라고 하겠지. 아니면 무슨 영업집에 들어가는 걸 봤다고 할 수도 있고. 사창가 같은 곳 말이야. 이제 무슨 말인지 알겠지? 거짓이란 미끼를 던져 진실이란 잉어를 낚으란 말일세. 우리처럼 지혜와 식견을 갖춘 사람들은 이렇게 우회로를 택하여 옆구리를 공격하고, 간접적인 방법으로 직접적인 실상을 찾아내지. 그러니까 자네도 내 아들에 대해 지금까지 내가 일러 준 대로 알아보게. 내 말, 알아듣겠지?

레날도 알겠습니다.

폴로니어스 그럼 잘 다녀오게.

레날도 네.

폴로니어스 그 아이, 기분을 잘 맞춰 주게나.

레날도 네, 그러겠습니다.

폴로니어스 음악 공부도 좀 열심히 하라 하고.

레날도 그럼요.

폴로니어스 잘 가게. (레날도 퇴장)

오필리아 등장.

폴로니어스 오필리아, 무슨 일이냐?

오필리아 아! 아버지, 너무 무서웠어요.

폴로니어스 아니, 뭐가 말이냐?

오필리아 제가 방에서 바느질을 하고 있는데 햄릿 왕자님이 오셨어요. 윗도리를 다 풀어 젖히고, 모자도 쓰지 않은 채로요. 더러운 양말은 대님이 풀린 채 족쇄처럼 발목에 감겨 있고요. 얼굴은 속옷처럼 창백하고, 무릎을 후들후들 떠셨어요. 표정은 또 어찌나 가련해 보이던지……. 끔찍한 이야기를 전하러 지옥에서 금방 풀려나온 사람 같았어요.

폴로니어스 너를 너무 사랑해서 실성을 했나?

오필리아 아, 모르겠어요. 그런데 정말 그런 걸까 봐 겁이 나요.

폴로니어스 뭐라고 했는데?

오필리아 제 손목을 꼭 붙잡고는 뒤로 물러서더니, 다른 손으로 이마를 짚은 채 제 얼굴을 물끄러미 바라보시더라고요. 마치 제 초상화라도 그리시려는 듯이요. 한참이나 그러고 계시다가, 제 팔을 가만히 흔들면서 고개를 세 번쯤 끄덕이고는 한숨을 푹 내쉬셨어요. 그 한숨이 어찌나 처량한지 온몸이 부서져 내리고 숨이 넘어갈 것만 같았어요. 그러고 나서야 절 놓아주셨어요. 그 후 머리를 제게로 돌린 채 돌아섰는데, 앞을 보지도 않고 그대로 걸어 나가셨어요. 문밖으로 나가면서도 끝까지 저에게서 눈길을 떼지 않았어요.

폴로니어스 오필리아, 나랑 가자. 전하를 찾아뵈어야겠다. 그게 상사병이라는 거다. 사랑이란 게 원래 격렬한 감정이어서, 병이 되면 사람을 망치고 극단적인 짓을 저지르게 만들지. 사람의 본성을 병들게 하는 세상의 격정은 다 마찬가지지만 말이다. 안됐구나. 혹시 네가 심한 말이라도 한 게 아니냐?

오필리아 아뇨, 아버지 말씀대로 편지를 받지 않았어요. 찾아오시지 말라고 했고요.

폴로니어스 그래서 실성을 하게 된 거로구나. 내가 좀 더 주의를 기울여 지켜봤어야 했는데……. 난 왕자가 너를 데리고 장난하다가 네 신세를 망쳐 버릴까 봐 걱정했다. 다 내 잘못이다. 의심이 너무 많았어! 젊은 친구들에겐 신중함이 부족한 게 탈이지만, 우리 나이에는 생각이 지나친 게 문제지. 자, 전하께로 가자. 어서 알려야겠다. 왕자가 사랑에 빠진 걸 알리면 전하의 미움을 살 수도 있겠지만, 그냥 덮어두었다가는 더 큰 곤욕을 치를 수도 있어. (모두 퇴장)

〈2장〉

성 안의 방.
왕과 왕비, 로젠크란츠, 길든스턴, 그리고 수행원들 등장.

왕 잘 왔네, 로젠크란츠, 길든스턴! 자네들이 보고 싶기도 했고, 또 도움이 필요한 일이 있어 급히 불렀네. 자네들도 소문을 들었겠지? 햄릿이 변한 것 말일세. 변했다고 할 수밖에 없네. 완전 딴사람이 되었으니까. 햄릿이 저렇듯 딴사람처럼 되어 버린 이유를 제 아버지가 돌아가신 것 말고는 찾을 수가 없네. 그래서 자네 두 사람에게 부탁을 하나 하려고 해.

자네들은 어렸을 적부터 함께 자라 햄릿에 대해 잘 알 테니, 얼마 동안 궁에 머물며 같이 어울려 주지 않겠나? 재미있는 일도 권해 보고, 또 기회가 되면 그 아이가 무엇 때문에 괴로워하고 있는지 알아보고. 이유를 알아야 해결도 할 수 있지 않겠는가?

왕비 왕자가 자네들 얘기를 많이 했어. 난 왕자가 자네들 두 사람보다 더 좋아하는 사람은 없다고 믿네. 자네들이 시간을 내어 우리와 함께 지내면서 도움을 준다면, 전하께서도 잊지 않고 보답하실 거야.

로젠크란츠 전하께서 그처럼 간곡하게 부탁하시지 않아도 됩니다. 그저 명령을 내리시면 됩니다.

길든스턴 분부에 따르는 것이 저희들 일이옵니다. 몸과 마음을 바쳐 기꺼이 명령을 받들겠습니다.

왕 고맙네, 로젠크란츠, 길든스턴.

왕비 당장이라도 햄릿을 만나 주게. 변해도 너무 많이 변해 버렸어. (수행원들을 향해) 이분들을 왕자가 있는 곳으로 안내해 드려라.

길든스턴 저희가 이곳에 머무는 것이 왕자님에게 즐겁고 유익하기를 바랄 뿐입니다.

왕비 부디 그러길 바라네. (로젠크란츠와 길든스턴, 수행원들과 함께 퇴장)

폴로니어스 등장.

폴로니어스 전하, 노르웨이에 갔던 사신들이 기쁜 소식을 가지고 돌아왔습니다.

왕 경은 늘 즐거운 소식을 가져오는군.

폴로니어스 그렇습니까, 전하? 분명히 말씀드립니다만, 저는 하느님과 전하에 대한 소임을 제 영혼만큼이나 중히 여기고 있습니다. 그래서 드리는 말씀입니다만, 햄릿 왕자가 실성한 이유를 알아내었습니다. 그 이유가 맞지 않다면 나랏일을 살피는 소신의 머리가 예전만 못하다는 것이겠지요.

왕 아, 그렇소? 어서 말해 보시오. 정말 듣고 싶소.

폴로니어스 먼저 사신들을 들라 하시지요. 제 말씀은 성찬 뒤의 입가심으로 삼으시고요.

왕 경이 가서 맞아들여 주시오. (폴로니어스 퇴장) 여보, 거트루드! 폴로니어스가 알아냈다 하오. 당신 아들이 실성한 이유를 말이오.

왕비 제 아버지의 죽음과 우리의 성급한 결혼 말고 달리 무슨 이유가 있겠어요? 그게 주된 원인 아니겠어요?

왕 글쎄, 폴로니어스에게 자세히 물어보기로 합시다.

폴로니어스, 볼티맨드와 코닐리어스를 데리고 등장.

왕 어서들 오시오! 볼티맨드, 노르웨이 국왕이 뭐라 했소?

볼티맨드 전하의 인사와 요청하신 사항에 정중히 답하셨습니다. 첫 번째 요구에 대해서는 곧바로 명령을 내려 조카의 모병을 중지시켰습니다. 왕은 그 일을 폴란드 왕을 상대하기 위한 준비로 알고 있었답니다. 실제로는 전하를 상대하려고 했다는 걸 뒤늦게 알았지요. 자신이 늙고 병들어 무력해진 것을 빌미로 조카가 속인 걸 알고 몹시 마음이 상한 왕은 당장 포틴브라스에게 전쟁 준비를 중단하라는 명령을 내렸고, 포틴브라스는 그 명령에 따랐습니다. 그는 왕에게 질책을 받았을 뿐 아니라, 왕 앞에서 다시는 전하께 무력 시도를 하지 않겠다고 맹세했습니다.

그러자 노르웨이 왕은 크게 기뻐하며 그에게 연금 삼천 크라운을 내리고, 이미 징집한 군사들은 폴란드 왕을 상대로 전쟁을 할 때 쓰도록 권한을 주었습니다. 그런데 전하에게 드리는 한 가지 청이 있었습니다. 여기에 자세히 적혀 있습니다만. (왕에게 문서 한 장을 건넨다.) 폴란드 원정 때 포틴브라스의 군대가 전하의 영토를 통과할 수 있도록 허락해 달라는 것입니다. 안전 보장과 통과 허가 조건은 거기에 자세히 적혀 있습니다.

왕 잘되었군. 시간이 날 때 읽어 보고 잘 생각해 본 다음 답하겠소. 임무를 훌륭히 수행해 주어 고맙소. 어서 가서 쉬시오. 오늘 밤엔 함께 축하연을 즐깁시다. 고생했소. (볼티맨드와 코닐리어스 퇴장)

폴로니어스 이제 일이 잘 끝났습니다. 전하, 그리고 왕비님, 군왕의 위엄이란 무엇이고, 신하의 임무란 무엇이며, 왜 낮은 낮이고, 밤은 밤이며, 시간은 시간인지를 따지는 일은 밤과 낮과 시간을 낭비하는 일에 지나지 않습니다. 그러니 간결함이 지혜의 핵심이고, 장황함은 겉치레인지라 간략하게 말씀드리겠습니다. 왕자님은 실성했습니다. 저는 그걸 미쳤다고 말씀드리겠습니다. 미친 것을 달리 뭐라고 표현할 수 있겠습니까?

왕비 말재간은 그만 뽐내고 요점만 말하시오.

폴로니어스 왕비님, 저는 말재간을 뽐내는 게 아닙니다. 왕자님이 미친 건 사실입니다. 사실이어서 유감이고, 유감이지만 사실입니다. 그러고 보니 졸렬한 수사법이군요. 수사법으로 말재주를 부리는 건 이쯤에서 그만두겠습니다. 다만, 왕자님이 미쳤다고 한다면, 그런 결과를 불러온 원인을, 다시 말해 결함의 원인을 찾는 일이 남습니다. 이런 결함 있는 결과에는 반드시 원인이 있기 마련이니까요. 그처럼 원인이 있고, 그 원인은 이와 같습니다. 잘 생각해 봐 주십시오. 제게 딸이 하나 있는데, 그야 곁에 있을 동안만 그렇습니다만……. 그 아이가 아비 말에 순종하여, 보십시오, 이걸 제게 주었습니다. 듣고서 추측해 보시기 바랍니다. (편지를 읽는다.)

　천사 같은 내 영혼의 우상
　고이 단장한 오필리아.

이건 치졸한 표현입니다. 천박한 표현이죠. '고이 단장한'이란 말은 천박한 표현입니다. 하지만 더 읽어 보도록 하겠습니다.

　이 글을 그녀의 새하얀 가슴에 운운.

왕비　이걸 햄릿이 그 아이에게 보냈다는 거요?

폴로니어스 잠깐만 기다려 주십시오, 왕비님. 다 읽어 드리겠습니다.

> 별들이 불꽃일까 의심하오.
> 태양의 움직임을 의심하오.
> 진실이 거짓일까 의심하오.
> 하지만 내 사랑은 의심 마오.

> 아, 오필리아! 난 시를 짓는 데 서투르오. 내 사랑의 고통을 운율로 표현할 재주가 없소.
> 하지만 당신을 누구보다 사랑하오. 그 무엇보다 사랑하오.
> 믿어 주오. 안녕히.
>
>> ─친애하는 여인이여,
>> 이 육신이 나의 것인 한, 영원히 그대 것인 햄릿.

딸아이가 제 말에 순종하여 이걸 보여 줬습니다. 그뿐 아니라 왕자님이 언제, 어디서, 어떻게 구애를 했는지 저에게 죄다 털어놓았습니다.

왕 딸아이는 왕자의 사랑을 어찌 받아들였소?

폴로니어스 전하께선 절 어떻게 생각하십니까?

왕 충직하고 올곧은 신하라고 생각하오.

폴로니어스 그런 사람이고 싶습니다. 그런데 전하와 왕비님께 궁금한 것이 있습니다. 저는 이 뜨거운 사랑의 불길을, 사실 딸아이가 말해 주기 전에 이미 눈치채고 있었습니다. 제가 만약 이들 사이의 거간꾼 노릇을 했거나, 못 본 체하며 입을 닫아 버렸다면, 혹은 이 사랑을 무심하게 지켜보고만 있었다면, 전하와 왕비님께서는 저를 어떻게 생각하셨을까요?

천만에요. 저는 곧장 손을 썼습니다. 딸아이에게 분명하게 말했지요. '햄릿 왕자님은 네 팔자에 없는 분이야. 이런 일은 안 된다.' 하고 말입니다. 그러곤 몇 가지 지침을 주었습니다. 왕자가 찾아와도 문을 열어 주지 말고, 심부름꾼도 안으로 들이지 말며, 선물 같은 것도 받지 말라고 말입니다.

딸은 아비의 충고를 따랐습니다. 한데 거절당한 왕자는 슬픔에 빠져 음식을 끊었고, 불면증에 걸려 몸이 쇠약해지더니 그만 이성을 잃고 말았습니다. 증세는 점점 더 악화되었지요. 헛소리를 뇌까리더니, 결국은 애통하게도 실성하는 지경에까지 이르고 말았습니다.

왕 당신도 그렇다고 생각하오?

왕비 그럴지도 모르겠어요. 그럴 가능성이 있어요.

폴로니어스 제 말이 틀린 적이 한 번이라도 있었습니까?

왕 그런 적은 없었던 것 같소.

폴로니어스 (자신의 머리와 어깨를 가리키며) 이 일이 제 말과 어긋난다면 이 자리에서 이걸 잘라 버리십시오. 단서만 나오면 감춰진 진실을 찾겠습니다. 그게 지구 한복판에 감춰져 있더라도 말입니다.

왕 어떻게 더 알아볼 수 있겠소?

폴로니어스 아시다시피 왕자는 가끔 홀을 몇 시간씩 걷곤 합니다.

왕비 그렇소.

폴로니어스 그때 제 딸아이를 내보내겠습니다. 전하와 저는 휘장 뒤에 숨어서 둘이 만나는 걸 지켜보는 겁니다. 왕자가 제 아이를 사랑하는 것이 아니라면, 그 때문에 실성한 것이 아니라면, 저는 국사를 돕는 일을 그만두고 농사를 지으며 달구지나 끌도록 하겠습니다.

왕 그렇게 해 봅시다.

햄릿, 책을 읽으며 등장한다.

왕비 저것 보세요. 저 불쌍한 것이 책에다 코를 박은 채 걸어오고 있네요.

폴로니어스 두 분 다 얼른 피하십시오. 제가 말을 걸어 보겠습니다. 제게 맡겨 주십시오. (왕과 왕비, 시종들 모두 퇴장) 햄릿 왕자님, 안녕하십니까?

햄릿 어, 고맙소.

폴로니어스 왕자님, 저를 아시겠습니까?

햄릿 알다마다요. 생선 장수 아니오?

폴로니어스 아닙니다, 왕자님.

햄릿 그럼 생선 장수만큼이라도 정직한 사람이길 바라오.

폴로니어스 정직한 사람이라고요, 왕자님?

햄릿 그렇소. 요즘 세상엔 정직한 사람이 만에 하나나 될까?

폴로니어스 맞는 말씀입니다.

햄릿 개 시체를 햇볕에 내놓아 구더기를 기르면, 입 맞추기에 딱 좋은 썩은 고기가 되지. 딸은 있소?

폴로니어스 있습니다, 왕자님.

햄릿 바깥에 나다니지 못하게 하시오. 세상 구경을 해서 머리에 뭐가 들어차는 건 좋지만, 당신 딸 배 속에 뭐가 들어서는 건 좀 그렇지 않소? 친구 양반, 그 점을 주의하시오.

폴로니어스 (방백) 저걸 뭐라고 할 건가. 여전히 내 딸 타령 아닌 가. 그런데 처음엔 날 못 알아봤어. 생선 장수라 했지? 아 주 돌았어, 아주 한참. 하기야 나도 젊은 시절에는 사랑 때 문에 지독하게 앓았지. 거의 저 정도였을 거야. 어디, 말을 더 걸어 볼까? (햄릿에게) 뭘 읽고 계시죠, 왕자님?

햄릿 말이오, 말.

폴로니어스 무슨 내용입니까, 왕자님?

햄릿 누구 이야기냐고?

폴로니어스 읽고 계시는 책의 내용 말입니다.

햄릿 욕설이오. 어떤 못된 놈이 풍자를 한답시고, 늙은이란 흰 수염이 난 얼굴에 주름이 자글자글하고, 눈에는 *끈끈한 송진 같은 눈곱이 끼고, 머리는 형편없이 모자라며, 종아리는 허약하기 짝이 없는 자들이라지 뭐요? 나도 적극 동의하지만, 이런 식으로 적어 놓는 건 점잖지 못하다는 생각이 드오. 참, 당신도 게처럼 뒷걸음질을 할 수 있다면 내 나이쯤으로 돌아갈 수 있지 않겠소?

폴로니어스 (방백) 미쳤다 해도 말은 꽤 조리 있게 한단 말이야. (햄릿에게) 왕자님, 바깥바람은 몸에 안 좋으니 안으로 드시지요.

햄릿 내 무덤으로 말이오?

폴로니어스 하긴, 그곳도 바람이 없긴 하지요. (방백) 대답이 기발하잖아! 미치광이가 가끔 정곡을 찌른단 말이지. 멀쩡한 정신을 가진 사람은 오히려 저렇게 꼭 들어맞는 말을 찾아내지 못하는데. 이쯤에서 왕자와 오필리아를 맞닥뜨리게 할 방도를 궁리해 보자. (햄릿에게) 왕자님, 허락하신다면 저는 이만 물러날까 합니다.

햄릿 그보다 반갑게 허락해 줄 수 있는 일이 내게 더 있겠소? 내 목숨을 내놓는 일 말고 말이오. 암, 목숨은 안 되지.

폴로니어스　안녕히 계십시오, 왕자님.

햄릿　(방백) 지겨운 바보 늙다리 같으니라고!

로젠크란츠와 길든스턴 등장.

폴로니어스　햄릿 왕자님을 뵈러 가는가? 저쪽에 계시네.

로젠크란츠　(폴로니어스를 향해) 안녕히 가십시오. (폴로니어스 퇴장)

길든스턴　왕자님!

로젠크란츠　안녕하십니까, 왕자님!

햄릿　아, 반가운 친구들이군! 어떻게 지내, 길든스턴? 자네도 잘
　　지냈나? 로젠크란츠.

로젠크란츠　그저 보통 사람들처럼 지내지요.

길든스턴　행복이 넘치지 않아 행복하다 할까요? 행운의 여신 모
　　자 꼭대기에 올라가 있진 않으니까요.

햄릿　그렇다고 여신의 신발 바닥은 아닐 테지?

로젠크란츠　둘 다 아닙니다, 왕자님.

햄릿　그럼 여신의 허리께쯤? 중간쯤의 사랑을 받고 있나?

길든스턴　실은 은밀한 사랑을 받고 산답니다.

햄릿　여신의 은밀한 부분에서 산다고? 아 참, 맞아. 여신은 매춘
　　부였지. 그런데 무슨 소식이라도 있나?

로젠크란츠　아뇨, 왕자님. 세상이 정직해졌다는 것 말고는.

햄릿 말세가 가까워진 모양이군. 하지만 그 소식은 사실이 아니네. 좀 더 구체적으로 묻지. 이봐, 친구들! 여신에게 무슨 짓을 저질렀기에 자네들을 이 감옥으로 보내던가?

길든스턴 감옥이라뇨, 왕자님.

햄릿 덴마크는 감옥일세.

로젠크란츠 그렇다면 세상도 감옥이겠지요.

햄릿 훌륭한 감옥이지. 구치소에, 감방에, 지하 감옥이 수두룩하니까. 덴마크가 그중 최악이고.

로젠크란츠 저희는 그렇게 생각하지 않습니다, 왕자님.

햄릿 자네들에겐 아닌가 보지? 원래부터 좋거나 나쁘다고 정해진 건 아니니까. 다 생각하기 나름이야. 나에겐 감옥일세.

로젠크란츠 그건 왕자님의 야망 때문입니다. 이 나라가 왕자님께는 너무 좁은 거죠.

햄릿 천만에. 호두 껍데기 안에 갇혀 있다 해도 나를 세상의 왕이라 생각할 수 있어. 내가 나쁜 꿈만 꾸고 있지 않다면 말이야.

로젠크란츠 그 꿈이라는 게 바로 야망입니다. 야망은 결국 꿈의 그림자에 지나지 않으니까요.

햄릿 꿈 자체가 하나의 그림자지.

로젠크란츠 그렇습니다. 야망이란 공기처럼 허망하여 그림자의 그림자에 지나지 않는다고 생각합니다.

햄릿   그렇다면 거지들이 실체이고, 왕이나 영웅들은 거지들의 그림자겠군. 자, 이제 안으로 들어갈까? 난 요즘 논리적인 생각이 잘 안 되는 것 같아.

로젠크란츠와 길든스턴   저희가 모시겠습니다.

햄릿   그럴 것 없어. 자네들을 시종처럼 부리고 싶지 않아. 안 그래도 난 요즘 아주 끔찍한 시중을 받고 있거든. 아, 친구 사이라 허물없이 묻는 건데 엘시노에는 무슨 일로 왔나?

로젠크란츠   왕자님을 뵈러 왔지요. 딴 일은 없습니다.

햄릿   내가 거지 신세라 고마움의 표시도 한없이 빈약하네만, 어쨌든 찾아와 줘서 고마워. 내 고마움이야 반 푼어치도 안 될 걸세. 그건 그렇고, 자네들 혹시 불려온 건 아니겠지? 정말로 오고 싶어서 왔어? 자발적으로 온 거냐고? 솔직하게 털어놔 봐. 어서 말해 보라고.

길든스턴   무슨 말씀을 드려야 할까요, 왕자님.

햄릿   뭐, 요점만 빼고 아무 말이나. 자네들은 불려온 거로군. 얼굴에 그렇게 쓰여 있는걸. 점잖은 사람들이라 그걸 숨길 만한 재주가 없지. 왕과 왕비님이 자네들을 부르신 거 알고 있네.

로젠크란츠   무슨 목적으로요, 왕자님?

햄릿   그건 자네들이 말해 줘야지. 친구로서 내세울 수 있는 건 다 내세워서 부탁할게. 친구의 의리와 어렸을 적 추억, 변함없는 우정……. 또 있다면 그보다 더 나은 명분들을 죄다 내세워서 다시 물을게. 불려온 게 맞지?

로젠크란츠 (길든스턴에게 방백) 뭐라고 할 텐가?

햄릿 (방백) 아니, 내가 보고 있잖나? (길튼스턴에게) 나를 아낀다면 발뺌하지 말게.

길든스턴 실은 부르셔서 왔습니다, 왕자님.

햄릿 그 이유를 내가 말해 보지. 내가 먼저 알고 말하는 것이니 자네들은 굳이 발설하지 않아도 돼. 비밀로 하기로 한 약속을 어기지 않아도 되는 셈이지. 난 요즘 왜인지 몰라도, 모든 일에 재미가 없어졌어. 늘 하던 운동도 그만두었지. 마음이 아주 울적해서 이 아름다운 세상도 그저 메마른 땅덩어리로만 보이지 뭐야.

땅을 덮고 있는 저 찬란한 대기를 좀 봐. 저 멋진 창공과 황금빛 햇살이 장식한 저 장엄한 하늘 지붕을 좀 보라고. 그런데 저것이 내게는 더럽고 불결한 증기 덩어리로밖엔 보이지 않아.

인간이란 정말 대단한 걸작 아닌가? 이성은 얼마나 뛰어나고, 능력은 또 얼마나 무한한가? 생김새와 움직임은 또 얼마나 멋지고! 행동은 천사나 다름없고, 생각은 신에 못지않. 세상에 이보다 아름다운 존재가 없고, 이보다 뛰어난 동물이 없어. 그런데 말이야, 내겐 이 인간이 한낱 먼지 덩어리 이상으론 보이지 않아. 난 인간에게서 즐거움을 느끼지 못하겠어. 여자에게서도 마찬가지고. 웃는 걸 보니 자네들은 그렇게 생각하지 않는 것 같군.

로젠크란츠 그런 생각으로 웃은 것이 아닙니다.

햄릿 그럼 왜 웃었나? 내가 인간에게서 즐거움을 느끼지 못하겠다고 했을 때.

로젠크란츠 인간에게서 즐거움을 느끼지 못하신다면, 배우들이 왕자님께 얼마나 형편없는 대접을 받을지 걱정이 되어 그랬습니다. 여기로 오는 길에 배우들을 만났거든요. 그들이 왕자님께 연극을 보여 드리려고 지금 이곳으로 오는 중입니다.

햄릿 왕 역을 맡은 자는 환영하겠네. 진짜 왕처럼 대접할 거야. 기사는 칼과 방패를 실컷 휘두르게 하고, 연인은 헛되이 한숨짓지 않게 하겠어. 별난 기질의 괴짜는 탈 없이 제 역을 마치게 하고, 광대는 사람들의 웃음보를 터뜨리게 하고, 여자 역은 속마음을 마음껏 털어놓게 할 거야. 그렇게 하지 않으면 당장 극을 중단시켜 버려야지. 그래, 어떤 배우들인가?

로젠크란츠 왕자님께서 좋아하셨던 배우들입니다. 도시의 비극 배우들이죠.

햄릿 왜 지방으로 돌아다니는 거지? 도시에 있어야 인기를 얻고 수익에도 도움이 될 텐데.

로젠크란츠 최근에 달라진 상황 때문에 공연을 거의 못 하고 있는 듯합니다.

햄릿 그 사람들의 인기는 내가 도시에 있을 때랑 같은가? 관객이 전처럼 많아?

로젠크란츠 아뇨, 예전 같지 않습니다.

햄릿 왜 그렇지? 이제 실력이 녹슬었나?

로젠크란츠 아뇨, 이전과 다름없이 열심히 하고 있습니다. 다만 어린 매 새끼들 같은 소년 극단이 있는데, 이것들이 쩌렁쩌렁 소리를 질러 대서 아주 요란한 갈채를 받고 있습니다. 이것들이 지금 유행이지요. 그런데 그들이 대중 극장을, 어찌나 깎아내리는지, 옆구리에 칼 찬 한량들은 비평가들의 야유가 무서워서 차마 대중 극장으로는 발을 들이지 못하고 있습니다.

햄릿 소년 극단이라고? 누가 그 아이들을 데리고 있는 거야? 어떤 식으로 관리하고 돌보지? 변성기가 오기 전까지만 배우 노릇을 하는 건가? 그 애들이 자라면 성인 배우가 될 게 뻔한데, 나중에 자기들이 이어받을 직업을 작가들이 욕하도록 하는 셈이잖나? 나중에 작가들을 원망하지 않겠어?

로젠크란츠 사실 그것에 대해선 그동안 논란이 많았습니다. 사람들이 싸움 붙이는 걸 즐기기도 했고요. 작품을 놓고 소년 극단 작가와 대중 극장 배우들이 서로 치고받고 싸우지 않으면 그 작품이 제대로 팔리지 않았으니까요.

햄릿 그럴 수가!

길든스턴 그동안 싸움이 대단했습니다.

햄릿 그럼 지금은 아이들이 이기고 있다는 건가?

로젠크란츠 그럼요. 이제는 런던에서 가장 잘나가는 극장까지 넘보고 있습니다.

햄릿 뭐, 별로 이상할 것도 없지. 아버지가 살아 계실 때만 해도 삼촌에게 얼굴을 찡그렸던 자들이, 삼촌이 왕이 되고 나서는 삼촌의 조그만 초상화를 금화 스무 냥, 마흔 냥, 쉰 냥, 백 냥씩을 주고 사니까. 뭔가 부자연스럽지 않나? 학문이 그걸 밝혀낼 수 있을지 모르겠네만. (요란한 나팔 소리)

길든스턴 배우들이 왔습니다.

햄릿 (길든스턴과 로젠크란츠에게) 자네들, 엘시노에 잘 왔네. 자, 손을 주게. 환영할 때는 격식을 갖추는 것이 예의가 아닌가. 악수라도 하지 않으면 내가 자네들보다 배우들을 더 반갑게 맞이하는 것처럼 보일지도 몰라. (악수한다.) 아무튼 잘 왔어. 그런데 내 삼촌 아버지와 숙모 어머니는 단단히 속고 계셔.

길든스턴 뭘 말입니까, 왕자님?

햄릿 난 그냥 북북서풍이 불 때만 미치거든. 남풍이 불 때는 까치와 까마귀 정도는 구별할 수 있다고.

폴로니어스 등장.

폴로니어스 다들 안녕하시오?

햄릿 이봐, 길든스턴! 귀 좀 대 보게. 로젠크란츠 자네도. (두 사
람에게 귓속말을 하며) 저기 보이는 저 커다란 아이는 아직
기저귀를 떼지 못하고 있다네.

로젠크란츠 두 번째 차게 된 건지도 모르죠. 늙으면 다시 어린아
이가 된다고 하지 않습니까?

햄릿 내가 알아맞혀 볼까? 저 노인이 분명 내게 와서 배우들 이
야기를 할 거야. 잘 봐. (그들과 대화 중인 척한다.) 자네 말이
맞아. 월요일 아침이야. 맞아.

폴로니어스 왕자님, 전해 드릴 소식이 있습니다.

햄릿 경, 전해 드릴 소식이 있소. 로스키우스[1]가 로마에서 배우
였을 때⋯⋯.

폴로니어스 배우들이 왔습니다.

햄릿 별 소식 아니잖나?

---

[1] **로스키우스** 로마 시대의 배우로 노예였다. 연기력이 뛰어나 노예 신분에서 벗어나고 명
성을 얻었다.

폴로니어스 제 말씀은……

햄릿 배우들이 노새를 타고 왔단 말이겠지.

폴로니어스 세계 최고의 배우들입니다. 비극, 희극, 사극, 전원극, 전원극적 희극, 사극적 전원극, 비극적 사극, 희비극적 사극적 전원극, 장면 구분 없는 극, 길이 제한 없는 극, 그 어느 것에도 최고입니다. 세네카[1] 비극도 너무 무겁지 않게, 플라우투스[2] 희극도 너무 가볍지 않게 다룰 수 있습니다. 극작법을 따른 극이든 극작법을 따르지 않은 극이든, 이들보다 더 잘 다루는 배우들은 없습니다.

햄릿 이스라엘의 사사 입다[3]여, 그대에게 아주 귀한 보물이 있었도다!

폴로니어스 그자에게 무슨 귀한 보물이 있었나요, 왕자님?

햄릿 그거 있지 않소?

애지중지 사랑했던
아름다운 딸이 하나

폴로니어스 (방백) 여전히 내 딸 타령일세.

---

[1] **세네카** 로마의 비극 작가.
[2] **플라우투스** 로마의 희극 작가.
[3] **사사 입다** 경솔한 맹세로 인해 딸을 번제물로 바친 이스라엘의 지도자.

햄릿 입다 영감, 내 말이 맞지 않소?

폴로니어스 왕자님, 저를 입다라 하시면……. 저에게도 애지중지
사랑하는 딸이 하나 있지요.

햄릿 아니, 그렇게 나오면 맞지 않소.

폴로니어스 그럼 어찌 이어야 맞지요, 왕자님?

햄릿 뭐냐…….

신들만이 아는 운명

그다음은 아시겠지만,

예정대로 닥쳤다네.

더 알고 싶거든 그 성가의 첫 절을 보시오. 이만해야겠소.
저기 배우들이 오고 있으니.

배우 너덧 명 등장.

햄릿 (배우들을 향해) 어서 와, 배우님들. 모두모두 환영해. (배우
들과 차례로 인사한다.) 자네의 건강한 모습을 다시 보니 기
쁘군. 잘 왔어, 친구들. 어, 내 옛 친구! 자네 턱에 지난번에

봤을 때는 없던 장식이 생겼군. 덴마크에 와서 수염으로 내게 맞서려는가? 여어, 이거 우리 아가씨 역! 아가씨께선 지난번 봤을 때보다 구두 굽만큼 하늘에 더 가까워지셨군 요. 아가씨 목소리가 못 쓰는 금화처럼 금 가지 않았길 바 랍니다. 배우님들, 잘 왔어. 우리도 프랑스 매사냥꾼들처 럼 아무 사냥감이나 눈에 띄는 대로 매를 한번 날려 보자 고. 당장 한마디 들어 보고 싶군. 자네들 솜씨 좀 보여 줘. 자, 열정적인 대목으로 하나…….

배우1 어떤 대목으로 할까요, 왕자님?

햄릿 언젠가 한 대목 들려준 적 있었잖나? 공연된 적은 없었고, 공연된 적이 있다 하더라도 한 번 이상은 아니었을 걸세. 내 기억에 대중에게 인기가 있었던 극은 아니었으니까. 일 반에겐 아직 익숙하지 않은 상어알 요리 같은 작품이었지. 하지만 내가 보기엔 뛰어난 극이었어. 그런 분야에서 나 보다 식견이 높은 사람들도 인정했지. 장면장면이 잘 짜여 있고, 영리하게 절제되어 있었어.

누군가 이렇게 평했던 게 생각나는군. '맛을 내려고 대사 에 양념을 치지도 않았고, 쓸데없는 멋을 부린 대목도 없 다. 정직한 수법으로 쓴 작품으로, 음악성이 좋은 데다 내 용도 좋고, 겉멋보다는 내실을 중요시하고 있다.'고 했던 가. 그 극에서 무척 마음에 들었던 대목이 있는데, 아이네

아스[1]가 디도[2]에게 이야기를 들려주는 장면이야. 특히 프리아모스[3] 왕의 최후를 이야기하는 대목. 혹 그 장면 기억하나? 가만, 어떻게 시작하더라.

　사나운 피로스[4], 히르카니아의 호랑이처럼

아니야, 피로스로 시작하긴 하는데 그건 아니었어.

　사나운 피로스, 시커먼 속셈 품고
　시커먼 밤처럼 시커먼 갑옷 입은 채
　불길한 목마 속에 숨어 있더니
　시커멓고 무서운 그의 모습
　이제 더욱더 흉측한 빛으로 물들었다.
　머리끝부터 발끝까지 붉게 덮은
　부모와 아들과 딸들이 흘린 피는
　추악한 살육을 잔인하게 밝히는

---

[1] **아이네아스**　트로이 군대의 뛰어난 용사.
[2] **디도**　카르타고의 여왕으로, 트로이 유민을 이끌고 카르타고에 온 아이네아스와 사랑에 빠진다.
[3] **프리아모스**　트로이의 마지막 왕.
[4] **피로스**　트로이 전쟁의 영웅으로 아킬레우스의 아들.

거리의 불길에 바짝 말라 굳었구나.

분노와 화염에 뜨겁게 달궈진 채

끈끈한 핏물을 온몸에 뒤집어쓴 피로스,

지옥을 뛰쳐나온 악마처럼

붉은 빛의 광채를 내뿜는 두 눈으로

트로이의 늙은 왕 프리아모스를 찾는다.

그다음은 자네가 계속하게.

폴로니어스 참 잘하셨습니다, 왕자님. 억양도 좋고 내용 전달도

좋습니다.

배우1 피로스, 그리스 병사를 상대로

헛되이 칼질하던 늙은 왕을 찾아낸다.

낡은 칼은 왕의 팔 힘에 반항하듯

복종을 거부하고 땅으로 떨어진다.

적수가 못 되는 늙은 왕 프리아모스

늙은 왕을 향해 돌진하는 피로스

분노를 못 참고 무섭게 내려치니

매서운 칼바람에 허약한 노인 쓰러진다.

그러자 무심했던 궁성도 타격을 느낀 듯

불길에 휩싸인 성벽이 땅으로 무너지고

무서운 굉음이 피로스의 귀를 사로잡자

보라, 늙은 왕의 백발 위로 내려오던 칼이
허공에 걸려 얼어붙듯 멈추었다.
피로스는 초상화 속 폭군처럼 그대로 멈춰
의지와 목적을 잊은 사람처럼
그 자리에 꼼짝 않고 움직이지 않는다.
하지만 폭풍 전 하늘이 잠시 고요하고
구름도 멈추고 거친 바람 입 다물어
둥그런 대지가 죽은 듯 조용하다가도
이윽고 무서운 천둥이 하늘을 찢듯이
한순간 꼼짝 않고 멈춰 있던 피로스
솟구친 복수심에 다시금 움직인다.
외눈박이 거인 퀴클롭스의 쇠망치가
영원히 뚫지 못하게 만들었다는
전쟁의 신 아레스의 갑옷을 내리칠 때도
피 묻은 그의 칼이 늙은 왕을 내려칠 때보다
더 무자비하지는 않았으리라.
꺼져라, 꺼져. 매춘부 같은 운명의 여신아!
신들아, 뜻을 모아 여신의 힘을 앗아 버려라.
여신의 수레바퀴에서 살과 테를 깨부수고
둥그런 수레바퀴는 올림포스 산 저 아래로
멀리멀리 굴려 악귀들에게 보내 버려라.

폴로니어스 이건 너무 길군요.

햄릿 이발사에게 보내 잘라 버리라 할까요, 영감의 수염이랑 같이? 어서, 계속해. 이 영감님은 우스갯소리나 야한 얘기를 좋아하지. 그런 게 나오지 않으면 졸거든. 계속해. 이제 왕비 헤카베 대사를 하게.

배우1 그러나 오! 가련하다, 누가 보았던가

　　　얼굴 가린 왕비의 모습을

햄릿 얼굴 가린 왕비의 모습이라고?

폴로니어스 좋소. 그 표현 좋아요.

배우1 맨발로 허둥지둥 이리 뛰고 저리 뛰며

　　　눈앞을 가리는 눈물로 불길을 끄려는 듯

　　　왕관이 얹혀 있던 머리엔 천 조각 하나.

　　　자식들 낳느라 휘어진 허리엔

　　　여왕의 아리따운 예복 대신에

　　　공포에 사로잡혀 집어 두른 담요 한 장.

　　　누군가 왕비의 이런 모습 봤다면

　　　운명의 여신의 가혹함을 저주하고

　　　독을 혀에 적셔 반역을 선언했을 터.

　　　그러나 피로스가 짓궂은 장난하듯

　　　남편을 난도질하는 광경을 본 왕비.

　　　그때의 그녀 모습 신들이 보았다면

그녀가 터뜨린 처참한 울부짖음은

신들이 인간의 일들에 무심치 않는 한

하늘의 불타는 눈들을 눈물로 적시고

신들의 가슴에 슬픔을 불러일으켰을 것.

폴로니어스 저 봐요. 저 친구 얼굴색도 변하고 눈물까지 글썽이잖습니까? 자, 이젠 그만하게.

햄릿 좋았어. 나머지 대사는 곧 다시 듣기로 하지. 경, 이 배우들이 숙소에 잘 들도록 보살펴 주시겠소? 이 사람들이 대접을 잘 받도록 해 주란 말이오. 이들은 시대의 축소판이자 간추린 역사책이오. 죽어서 묘비명이 나쁘게 적힐지언정, 살아서 저 친구들 입에서 나쁜 소리를 듣지 않는 게 훨씬 낫지.

폴로니어스 왕자님, 저들의 신분에 맞게 대접하겠습니다.

햄릿 원, 경도. 훨씬 잘해 주란 말이오. 모든 사람을 제 신분에 맞게만 대접한다면 누가 채찍질을 피할 수 있겠소? 경의 체통에 부끄럽지 않게 대접해 주시오. 이 사람들의 신분이 경의 기준에 못 미칠수록 경이 베푸는 아량은 더 값질 것이오. 안으로 데려가시오.

폴로니어스 자, 따라들 오게.

햄릿 친구들, 저분을 따라가게. 내일 공연하기로 하지. (배우 1에게) 이봐, 옛 친구! 나 좀 보세. 자네들 〈곤자고 살해〉를 공연할 수 있겠나?

배우1 그럼요, 왕자님.

햄릿 내일 밤 그 작품을 공연해 주게. 혹 열두어 줄이나 열대여
섯 줄쯤 되는 대사를 외워 줄 수 있겠나? 내가 써서 끼워
넣을까 하는데, 안 되겠어?

배우1 됩니다, 왕자님.

햄릿 좋아, 경을 따라가. 그 양반 놀리진 말고. (폴로니어스와 배우
들 퇴장) (로젠크란츠와 길든스턴에게) 이봐, 밤에 다시 보지.
엘시노에 온 걸 진심으로 환영해.

로젠크란츠 이만 물러가겠습니다, 왕자님.

햄릿 그래, 잘 가. (로젠크란츠와 길든스턴 퇴장) 이젠 나 혼자가 되
었구나. 아, 나란 놈은 왜 이리 게으른 놈팡이처럼, 천한 노
예처럼 살고 있지? 좀 전의 그 배우에 비하면 난 정말 헛
살고 있지 않아? 그자는 단지 허구일 뿐인 상상의 사건에
도 격정을 토하고 있지 않은가. 자기 배역에 영혼을 쏟아
부어 얼굴이 온통 해쓱해지고, 눈에는 눈물이 가득하고,
표정은 일그러지고, 목소리는 갈라지고, 그야말로 온몸의
기능 하나하나가 제 배역의 연기를 위해 열렬히 반응하고
있어.
그것도 아무것도 아닌 걸 위해서! 헤카베 왕비를 위해서
라고! 그자에게 헤카베가 무엇이고, 헤카베에게 그자가

도대체 무엇이기에 그 여자를 위해 우는 걸까? 그가 만약 나처럼 진짜 동기와 이유를 가졌다면 어떨까? 무대를 눈물로 넘치게 하고, 무서운 대사로 관객의 귀청을 터뜨리고, 죄지은 자들을 섬뜩하게 하고, 죄 없는 자들은 오싹하게, 무지한 자들을 어리둥절하게, 그야말로 모든 이의 눈과 귀를 혼란스럽게 만들지 않을까.

그런데 나는…… 굼뜨고 아둔한 놈처럼 몽상에 빠져 맥없이 빈둥거리고, 복수할 명분이 있어도 실천할 계획도 세우지 못한 채 말 한마디 못 하고 있어. 아무 말도! 흉측한 살인으로 귀중한 생명을 빼앗긴 왕을 위해서 입도 뻥긋 못 하고 있다고.

나는 겁쟁이일까? 누가 날 악당이라 부르면서 정수리를 갈기고, 수염을 뽑아 얼굴로 불어 날리고, 코를 비틀고, 목구멍에서 허파까지 거짓말로 꽉 찬 놈이라고 욕해도……. 하, 빌어먹을! 누가 그런 모욕을 준다 해도 달게 받는 수밖에. 난 간이 작고 쓸개도 없어. 굴욕을 당해도 그걸 쓰게 느낄 줄 모르는 놈이니까. 그렇지 않다면 이미 오래전에 그 천한 놈의 내장으로 하늘의 솔개들을 살찌게 했겠지.

무자비하고 음탕한 악당 놈! 잔인하고, 음흉하고, 음란하고, 파렴치한 악당 놈! 아, 복수라고, 복수! 정말 못났구나, 나는! 사랑하는 아버지가 무참히 살해당해 천국과 지옥으로부터 복수를 재촉받고 있는 아들이, 기껏 창녀처럼 푸념만 늘어놓고, 부엌데기처럼 욕설이나 퍼붓고 있다니!

잘하는 짓이다! 에이! 빌어먹을! 정신 차리고 생각을 좀 해 보자. 아, 이런 이야기를 들은 적이 있었지. 죄를 지은 놈들이 연극을 보던 중에 자기가 죄 저지른 상황과 비슷한 장면에서 양심이 찔린 나머지, 자기들이 저지른 못된 짓을 그 자리에서 실토하고 말았다는 이야기. 살인은 혀가 없어도 신통하게 말을 할 방법을 찾는단 말이야.

나도 배우들을 시켜 아버지가 살해당한 상황과 비슷한 장면을 삼촌에게 보여 줘야겠어. 그러곤 삼촌의 표정을 지켜보는 거지. 아픈 데를 찔러 보는 거야. 삼촌이 움찔한다면, 그다음에 내가 할 일은 명확해. 물론 내가 본 혼령이 악마일 수 있다는 점도 생각해 봐야겠지. 악마는 보기 좋은 모습을 하고 나타날 수도 있으니까.

그래, 내 마음이 약해지고 우울해진 틈을 타서 악마가 나를 속여 파멸시키려는 걸 수도 있어. 그런 정신 상태를 이용하는 데는 악마가 워낙 뛰어나니까. 혼령의 말을 무작정 믿기보다는 좀 더 확실한 증거를 잡아야 해. 왕의 속을 드러내게 하는 데는 아무래도 연극이 제격이겠어. (퇴장)

제 3 막
연극의 숨은 진실

〈1장〉

성 안의 방.

왕과 왕비, 폴로니어스, 오필리아, 로젠크란츠, 길든스턴이 등장한다.

왕 아무리 애를 써도 알아낼 수 없었단 말이지? 늘 조용하게
   생활하던 햄릿이 왜 저렇게 정신이 나가서 난폭한 광기를
   부리는지…….

로젠크란츠 왕자님도 정신이 산만해진 것 같다고 인정은 합니다.
   하지만 그 까닭을 말하려고 하지는 않습니다.

길든스턴 좀처럼 속내를 내비치지 않습니다. 저희가 진심을 들어 보려고 하면 미친 척하면서 거리를 두고요.

왕비 자네들을 반갑게 맞아 주던가?

로젠크란츠 네, 아주 점잖게요.

길든스턴 하지만 마지못해 그러는 듯했습니다.

로젠크란츠 말하는 걸 내켜 하지 않았습니다만, 묻는 말에는 선선히 대답했습니다.

왕비 무슨 재미있는 일이라도 권해 보았나?

로젠크란츠 왕비님, 저희가 오던 길에 우연히 배우들을 만났습니다. 왕자님에게 그 배우들 얘기를 했더니 무척 좋아했습니다. 배우들이 지금 궁에 와 있습니다. 오늘 저녁에 왕자님을 위해 공연을 하도록 이미 지시를 받았을 겁니다.

폴로니어스 그렇습니다. 왕자님이 전하와 왕비님 두 분과 함께 관람하고 싶다고 하셨습니다.

왕 기꺼이 보겠소. 왕자가 무엇이라도 관심이 있다니 기쁘오. 자네들은 왕자가 그런 재밋거리에 마음을 더 두도록 부추겨 주게.

로젠크란츠 네, 그러겠습니다. (로젠크란츠와 길든스턴 퇴장)

왕 여보, 거트루드. 당신도 자리를 좀 비켜 주겠소? 은밀히 사람을 시켜 햄릿을 이리로 불렀소. 오필리아를 우연히 만나는 것처럼 마주치도록 말이오. 오필리아 아비와 내가 두 사람이 만나는 걸 몰래 엿볼 참이오. 나쁜 속셈은 없으니 불순한 염탐은 아니오. 두 사람이 어떤 식으로 만나는지 지켜보고, 햄릿을 살펴서 그 아이가 지금 겪고 있는 고통이 사랑 때문인지를 알아보려는 것이오.

왕비 저는 나가 있을게요. (오필리아를 향해) 오필리아, 햄릿이 저리 난폭하게 변한 게 네 아름다움 때문이라면 얼마나 좋겠니? 내가 바라는 건 네 고운 성품으로 그 아이를 다시 원래대로 돌려놓는 것이다. 너희 두 사람 모두에게 좋은 일이 되도록 말이다.

오필리아 왕비님, 저도 그랬으면 좋겠습니다. (왕비 퇴장)

폴로니어스 오필리아, 여기서 왔다 갔다 하고 있거라. 전하, 저희는 몸을 숨기지요. (오필리아에게) 이 책을 읽고 있으렴. 기도서를 읽고 있으면 혼자 있어도 자연스러워 보일 게다. (왕에게) 이런 행동을 가끔 하게 되지만, 신심 깊은 얼굴과 경건한 행동이면 악마도 그럴듯하게 보이게 만들지요. 너무 많이 경험하는 일입니다.

왕 (방백) 아, 정말 맞는 말이다. 저 말이 내 양심을 사정없이 후려치는구나! 화장으로 단장한 창녀의 볼이 화장품보다 추하단 한들, 그럴듯한 말로 치장한 내 행위만큼이나 추할까. 아, 죄의 짐이 무겁구나.

폴로니어스 오는 소리가 들립니다. 물러나시지요, 전하. (왕과 폴로

니어스 퇴장)

햄릿 등장.

햄릿　이대로 살아, 아니면 죽어 없어져, 그게 문제야. 어떤 게 더
고결한 일일까? 가혹한 운명의 돌팔매와 화살을 받으면서
그냥 참고 견디는 것, 아니면 세상의 고통과 맞싸워 이겨
서 그것들을 끝장내 버리는 것. 죽는 건 잠드는 것. 그뿐이
겠지. 잠이 들어서 마음의 괴로움과 몸의 만 가지 고통을
끝낼 수 있다면, 그거야말로 더 이상 바랄 게 없는 최고의
순간이 아닐까?
죽는 건 잠드는 거야. 잠들면 꿈을 꾸겠지. 아, 그런데 문제
가 있어. 우리가 이 몸뚱이의 굴레를 벗어나 죽음이라는
잠이 들면 어떤 꿈을 꾸게 될지 모르니 함부로 행동할 수
없단 말이야. 그 때문에 긴긴 세월 동안 불행을 견디고 사
는 것 같아.
그렇지 않다면 누가 애써 견디겠어? 세상의 채찍과 조롱,
압제자의 횡포, 세도가의 멸시, 사랑에 버림받은 고통, 질
질 끄는 재판, 관리들의 오만, 덕을 가진 이가 하찮은 자들
로부터 받는 모욕을 단도 한 자루면 다 끝장낼 수 있는데.
누가 이 지겨운 인생의 짐을 지고 땀을 흘리겠냐고. 그런

데 한 번 가면 다시 돌아오지 못하는 저 미지의 나라, 죽음의 나라에 가면 무엇이 있을지 두려워 마음이 흔들리지. 알지도 못하는 고생에 무작정 뛰어드느니, 차라리 현재의 고생을 견디고 만단 말이야.

조심성 때문에 우린 다 겁쟁이가 되어 버려. 그래서 결심이 지녔던 처음의 싱싱한 빛깔은 이런저런 생각에 해쓱하게 병색을 띠게 되고, 중대한 의미를 지녔던 대담한 계획들은 이런 고려 때문에 다 길을 벗어나 끝내는 실천의 힘을 잃고 말지. 가만, 아름다운 아가씨 오필리아로구나. 숲의 요정이여, 당신의 기도에 내 죄도 빌어 주시오.

오필리아 왕자님, 그동안 안녕하셨어요?

햄릿 고맙소. 아주 잘 지냈소, 잘.

오필리아 그동안 저에게 주셨던 선물을 오래전부터 돌려 드리고 싶었어요. 받아 주셨으면 합니다.

햄릿 아니오, 난 아무것도 준 적이 없는걸.

오필리아 저에게 주신 걸 잘 아시잖아요? 아름다운 말도 함께 주셔서 선물을 더욱 값지게 여겼답니다. 이제 그 말씀의 향기가 다 사라졌으니 도로 가져가세요. 아무리 값진 선물도 주는 사람의 진심이 사라지면 하찮은 물건이 되고 마니까요. 여기 있습니다, 왕자님.

햄릿 하, 하! 당신은 정숙하오?

오필리아 네?

햄릿 당신은 아름답소?

오필리아 무슨 뜻이죠, 왕자님?

햄릿 당신이 정숙하고 아름답다면, 정숙함이 아름다움과 가까이 지내서는 안 되오.

오필리아 아름다우면서 정숙한 것보다 더 좋은 게 있을까요?

햄릿 그렇소. 정숙함이 아름다운 여자를 순결한 여자로 바꾸는 것보다, 아름다움이 정숙한 여자를 창녀로 바꾸는 것이 쉬운 법이니까. 전에는 이게 터무니없는 소리 같았지만, 지금은 세상이 그걸 증명하고 있지 않소? 나도 한때 당신을 사랑했었지.

오필리아 맞아요. 왕자님이 그렇게 믿게 하셨죠.

햄릿 날 믿지 말았어야 했소. 바탕이 좋지 않은 사람은 아무리 노력해도 원래 가진 성품을 버리지 못하는 법이니까. 난 당신을 사랑한 적이 없소.

오필리아 제가 속은 거로군요.

햄릿 수녀원에나 들어가시오! 당신은 죄인을 낳고 싶은 거요? 난 그런대로 선한 사람에 속하지만, 욕먹을 짓을 하도 많이 저질러서 차라리 어머니가 날 낳지 않았다면 더 좋았겠다는 생각이 들 때가 있소. 난 오만하고 복수심이 강한 데다 야심도 많은 사람이오. 게다가 마음만 먹으면 언제라도 못된 짓을 저지를 수 있지. 미처 생각해 보지 않았거나, 상상으로 구체화해 보지 않았거나, 그냥 시간이 없어서 그것을 실행하지 못하고 있을 뿐이오. 하늘과 땅 사이에 나 같은 놈들이 기어 다녀 뭘 하겠소? 우린 다 악당들이오. 우리 같은 놈들을 믿지 마시오. 수녀원에나 들어가시오. 당신 아버진 어디 계시오?

오필리아 아버지는 집에 계세요.

햄릿 문을 닫아걸고 못 나오게 해요. 집 밖으로 나와서 바보짓을 하지 못하게. 잘 있어요.

오필리아 아, 자비로운 하느님! 저분을 도와주세요.

햄릿 당신이 결혼을 하겠다면, 이 저주를 결혼 선물로 주겠소. 당신이 얼음처럼 순결하고 눈처럼 순수하다 해도, 구설수는 피하지 못할 거라는 거요. 그래도 꼭 결혼을 해야겠다면 바보랑 하시오. 현명한 사람들은 여자들이 배신할 거라는 걸 너무 잘 아니까. 그러니 수녀원에 들어가란 말이오. 어서 가시오. 나는 이만 가겠소. 잘 가시오.

오필리아 오, 하느님! 저분의 정신을 돌려주세요!

햄릿 당신네 여자들의 화장에 대해선 들을 만큼 들었소. 하느님이 한 가지 얼굴을 주셨는데, 당신네는 아예 딴 얼굴을 만들고 있지. 당신네들은 야한 춤을 추고 교태를 부리며 걷는가 하면, 혀짤배기소리를 내기도 하고, 조물주가 창조한

짐승들에 아무 이름이나 갖다 붙이기도 하고. 바람기가 꽉
찼으면서도 아무것도 모른 채 순진한 척해요. 정말 더는
못 참겠소. 내가 미쳐 버린 것도 다 그 때문이니까. 이젠 아
무도 결혼을 못 하게 하겠소. 이미 결혼한 사람은 한 사람
만 빼놓고 모두 살려 두겠지만, 나머지는 다 독신으로 살
아야 하오. 당장 수녀원에 들어가시오! (퇴장)

오필리아 아, 참으로 훌륭한 정신을 가졌던 분이 저렇게 망가지
고 말다니! 궁정인의 기품, 무인의 기량, 학자의 교양을 두
루 갖추었던 분. 아름다운 이 나라의 희망이자 꽃, 유행의
거울이면서 행실의 본보기였던, 만인의 우러름을 한 몸에
받았던 이가 쓰러지고 말았어!

난 이제 세상 여자들 중에 가장 처량하고 비참한 신세가
되어 버렸구나. 음악처럼 달콤했던 그의 맹세를 꿀처럼 즐
기다가, 고운 종소리처럼 짤랑거리던 고결한 이성이 가락
을 놓쳐 귀에 거슬리는 소리를 내는 모습을 보게 되고, 활
짝 핀 청춘의 비할 바 없이 아름답던 용모와 자태가 광기
의 바람을 맞고 시들어 버린 모습을 보게 되었으니 말이
야. 아, 지난 모습을 기억하면서 지금의 모습을 보게 되다
니, 이처럼 슬픈 일이 있을 수 있을까?

왕과 폴로니어스 등장.

왕 사랑? 왕자의 감정이 그쪽으로 기운 건 아니오. 말하는 것을 들어 보니, 앞뒤가 잘 맞진 않지만 완전히 미친 것 같진 않았소. 마음속에 뭔가 숨어 있는데, 우울증이 그걸 품어 기르고 있는 거요. 그것이 알을 깨고 나오면 위험하리란 생각이 드오.

그 위험을 막기 위해 내가 급히 마음먹은 것이 있소. 햄릿을 속히 잉글랜드로 보내 그동안 소홀했던 조공을 요구하게 해야겠소. 바다 구경도 하고 외국의 여러 풍물을 경험하면, 혹 가슴에 맺혀 있던 것이 가실 수도 있지 않겠소? 밤낮 없이 마음을 괴롭혀 저렇게 딴사람을 만들어 놓은 그 문제가 해소될 수도 있을지 모르오. 어떻게 생각하오?

폴로니어스 그리하시면 될 것 같습니다. 하지만 전 아직도 왕자님이 겪고 있는 마음의 병은 그 근원과 시작이 짝사랑이라 믿습니다. (오필리아에게) 괜찮으냐, 오필리아? 햄릿 왕자님이 한 말을 되풀이할 필요는 없다. 우리도 다 들었다. (왕에게) 전하, 좋으실 대로 하십시오. 하지만 괜찮으시면 공연이 끝난 뒤, 왕비님께서 아드님을 단둘이 만나 마음속 고민을 들어 보게 하십시오. 에두르지 말고 터놓고 말씀하시는 게 좋습니다. 원하시면 저는 두 분의 대화를 들을 수 있는 곳에 자리를 잡고 있겠습니다. 왕비님께서도 끝내 문제를 알아내지 못하시면, 왕자님을 잉글랜드로 보내시거나 전하의 생각에 최선이라 여겨지는 곳에 가두십시오.

왕   그렇게 하겠소. 신분이 높은 자의 광증을 그냥 두고 보아
서는 안 되지. (퇴장)

〈2장〉

성 안의 방.

햄릿과 배우들 등장.

햄릿   그 대목을 할 때, 내가 해 보인 것처럼 말이 혀에서 리듬을
타고 술술 매끄럽게 흘러나오도록 읊어 줘. 어떤 배우들처
럼 마구 소리만 내지를 거라면, 내가 쓴 부분은 차라리 포
고문을 읽는 관원에게 읊게 할 거야. 또 손으로 허공을 너
무 휘젓지 말고, 모든 동작을 점잖게 하게. 격정이 급류처
럼, 폭풍처럼, 혹은 회오리바람처럼 몰아치더라도 그 감정
을 부드럽게 표현할 수 있는 절제력이 있어야 해.

가발 쓴 소란스러운 배우가 격정을 표현한답시고 대사를
갈가리 찢어발기면서 입석 관객들 고막을 괴롭히는 소리
를 듣고 있노라면 화가 치밀어 못 견디겠어. 극장 일층 바
닥에 서서 구경하는 입석 관객이야 뜻을 잘 몰라서 그냥

우스갯소리나 지껄이는 걸 좋아하지만 말이야. 과장하여 소리나 지르는 그따위 연기를 하는 녀석에겐 벌로 채찍질을 내리고 싶어. 그러니 그런 연기는 제발 피해 줘.

배우1 그런 일은 없을 겁니다, 왕자님.

햄릿 그렇다고 너무 맥 빠지게 해서도 안 돼. 스스로 잘 판단해서 행동을 말에 맞추고, 말을 행동에 맞춰야 해. 특히 명심해야 할 것은 절도 있는 자연스러움을 넘어서지 않아야 한다는 거야. 뭐든 지나친 건 연극의 목적에서 벗어나니까. 연극의 목적은 예나 지금이나 자연 그대로의 모습을 거울에 비추듯 보여 주는 거잖나?

본받아야 할 것과 비웃어야 할 것을 있는 모습 그대로, 시대의 현재 모습을 있는 그대로 보여 주는 일이지. 그런데 이 일이 지나치거나 모자라면, 무식한 자들을 웃길 수 있을지는 몰라도 안목 있는 사람들에게는 탄식을 자아내게 하네. 안목을 가진 평가라면, 단 한 사람의 평가라 해도 다른 모든 관객의 평가보다 더 무겁게 받아들여야 해.

참, 내가 어떤 배우들의 공연을 본 게 생각나는군. 사람들이 굉장히 칭찬을 했지. 그런데 점잖지 못한 표현을 피해서 말하자면, 내가 보기에는 아주 형편없었어. 그 배우들은 이 나라 보통 사람들의 말투도 제대로 쓰지 못했거든. 이 나라 사람이나 다른 나라 사람, 아니, 인간의 걸음걸이

조차 제대로 보여 주지 못하면서 어찌나 으스대며 걸어 다니며 소리만 질러 대던지, 조물주의 조수가 인간을 만들다가 잘못 만든 게 아닌가 하는 생각이 들 정도였지. 인간을 아주 형편없이 흉내 냈어.

배우1 저희는 그런 점을 상당히 고쳤다고 봅니다.

햄릿 아, 완전히 고쳐. 그리고 광대 역을 하는 배우 말이야. 대본에 없는 대사를 맘대로 넣지 않도록 해 줘. 개중엔 멍청한 관객들을 웃겨 볼 생각으로 자기들이 먼저 웃는 친구들이 있어. 웃을 시간에 극에 중요한 문제들을 생각해 두어야 하는데도 말이지. 천박한 짓이야. 광대가 그런 식으로 웃기려고 하니 그 욕심이 딱하지 뭔가. 이제 가서 준비를 해.

(배우들 퇴장)

폴로니어스, 로젠크란츠, 길든스턴 등장.

햄릿 어떻게 됐나요, 경. 왕께서 연극을 보시겠답니까?

폴로니어스 그럼요, 왕비님도 보시겠답니다. 곧 오실 겁니다.

햄릿 배우들에게 서두르라 해 주십시오. (폴로니어스 퇴장) 자네 두 사람도 가서 배우들이 서두를 수 있도록 도와주겠나?

로젠크란츠와 길든스턴 그러죠, 왕자님. (로젠크란츠와 길든스턴 퇴장)

햄릿 여어, 호레이쇼!

호레이쇼 등장.

호레이쇼 네, 저 왔습니다. 왕자님, 무슨 일이든 시키십시오.

햄릿 호레이쇼, 자넨 내가 만난 사람 가운데 가장 균형 잡힌 사람이야.

호레이쇼 무슨 말씀을요, 왕자님.

햄릿 아니, 아첨이라 생각하지 마. 가진 거라고는 착한 심성밖에 없는 자네에게서 내가 뭘 바라겠나? 가난뱅이에게 아첨해 봐야 뭐 하겠어? 사탕발림 혀로는 공연히 거드름을 피우는 자들을 핥든지, 알랑거리면 떡고물이라도 나올 만한 데 가서 허리를 굽실거려야지.

무슨 말인지 알겠나? 내가 사람 보는 눈을 갖게 된 후로, 나는 자네를 내 마음의 벗으로 점찍어 두었어. 자네는 온갖 걸 다 겪으면서도 아무런 내색도 하지 않는 사람이야. 운명의 신이 시련을 주건, 보상을 주건, 똑같이 고마운 마음으로 받아들여 왔지.

자네는 복 받은 사람이야. 열정과 이성이 조화를 잘 이루어, 운명의 손가락이 내키는 대로 연주하는 피리가 되지 않았으니. 세상에 감정의 노예가 아닌 사람이 있다면 말해 봐. 그 사람을 내 마음 한가운데, 자네처럼 내 마음속 깊은 곳에 늘 품고 있도록 하겠네. 이거, 말이 길어졌군.

오늘 밤 왕 앞에서 연극 공연이 있어. 그중 한 장면이 내가 자네에게 이야기해 준 아버님의 사망 경위와 비슷해. 그 장면이 시작되면, 최대한 주의를 기울여 내 삼촌을 지켜봐 주었으면 해. 삼촌이 숨겨 놓은 죄가 어느 대목에서도 드러나지 않으면, 우리가 본 혼령은 악마가 틀림없고, 내 머릿속 상상이 대장장이 신 불카누스의 대장간처럼 지저분하다고 볼 수밖에 없어. 왕을 유심히 지켜봐 줘. 나도 왕의 얼굴에서 눈을 떼지 않을 테니까. 나중에 우리 둘의 의견을 모아 왕의 반응을 판단해 보기로 하세.

호레이쇼 잘 알겠습니다, 왕자님. 도둑놈을 지켜보듯 지켜보겠습니다. 만약 제게 도둑질을 들키지 않는다면, 잃어버린 물건 값은 제가 물겠습니다.

햄릿 드디어 연극을 보러 오는군. 난 미친 척해야 해. 자네는 자리를 잡게.

요란한 나팔 소리. 왕과 왕비, 폴로니어스, 오필리아, 로젠크란츠, 길든스턴, 그리고 수행 귀족들이 횃불을 든 왕의 호위들과 함께 등장한다.

왕 우리 조카 햄릿, 잘 지내고 있느냐?

햄릿 예, 아주 잘 지내고 있습니다. 카멜레온 요리를 먹고 지내죠. 카멜레온은 공기를 먹고 산다고 하니, 저도 공기를 먹고 사는 셈입니다. 헛약속으로만 꽉 찬 공기를요. 그런 먹이로는 닭도 키울 수 없지요.

왕 무슨 소린지 알아들을 수가 없구나, 햄릿. 그건 내 물음에 대한 답이 아니지 않느냐?

햄릿 그건 제 입을 떠났으니 이제 제 말도 아닙니다. (폴로니어스에게) 경은 대학 시절에 연극을 한 적이 있다고 했지요?

폴로니어스 예, 왕자님. 연기를 잘한다는 평을 받았습니다.

햄릿 무슨 역을 했소?

폴로니어스 로마의 정치가 율리우스 카이사르 역을 했습니다. 의사당에서 브루투스에게 살해당했죠.

햄릿 그런 멍청이 대장을 죽이다니 짐승 같은 짓을 했군. (로젠크란츠에게) 배우들은 준비됐나?

로젠크란츠 네, 왕자님. 분부만 기다리고 있습니다.

왕비 애, 햄릿. 이리 와서 내 곁에 앉으렴.

햄릿 아뇨, 어머니. (오필리아를 가리키며) 저는 이쪽이 더 끌리는데요.

폴로니어스 (왕에게) 오호! 저 말 들으셨습니까?

햄릿 (오필리아의 발치에 누우며) 아가씨, 무릎에 누워도 되겠소?

오필리아 안 돼요, 왕자님.

햄릿 무릎에 머리를 얹어도 되느냐는 말인데?

오필리아 그러세요, 그럼.

햄릿 엉큼한 짓이라도 할 줄 알았소?

오필리아 아무 생각도 없었어요, 왕자님.

햄릿 처녀 다리 사이에 눕는다는 건 생각만으로도 아주 즐거운 일이오.

오필리아 뭐가요, 왕자님?

햄릿 아무것도 아니오.

오필리아 기분이 좋으신가 보네요.

햄릿 누가? 내가?

오필리아 네, 왕자님이요.

햄릿 아, 맞소. 당신을 재밌게 해 줄 사람은 나뿐이오. 사람이 즐겁게 살면 됐지, 달리 별거 있겠소? 봐요, 우리 어머니가 얼마나 즐거워 보이는지. 아버지 돌아가신 지 두 시간도 안 되었는데 말이오.

오필리아 두 달의 곱절은 됐어요, 왕자님.

햄릿 그렇게 오래됐소? 그럼 이제 상복은 악마나 입으라 하고, 난 검정 모피 정장을 차려입어야겠군. 이런, 두 달 전에 죽었는데 아직도 잊히지 않고 있다니! 그렇다면 지체가 높으신 분의 기억은 죽은 뒤 반년까지는 갈 희망이 있겠소. 그러자면 교회를 여러 채 지어야 할 테지만 말이오. 안 그러면 곧 잊히고 말겠지. 축제 때 가장무도회의 목마 역처럼 말이오. 그자의 비문은 이랬소. '아아, 슬프구나. 목마는

잊히고 말았네.'

오보에 연주가 시작되고, 대사 없이 표정과 몸짓으로 연기하는 무언극이 시작된다. 왕과 왕비가 다정한 태도로 등장한다. 왕비가 왕을 포옹하자, 왕이 왕비를 끌어안는다. 왕비가 무릎을 꿇고 사랑을 맹세한다. 왕이 왕비를 일으켜 세운 뒤 머리를 맞댄다. 왕은 꽃이 핀 언덕 위에 눕는다. 왕비는 왕이 잠든 것을 보고 떠난다. 곧 한 남자가 등장하여 왕의 왕관을 벗기고 왕관에 입을 맞춘다. 그런 다음 왕의 귀에 독을 붓고 떠난다. 왕비가 돌아와 왕이 죽은 것을 알고 비탄에 빠진 표정을 짓는다. 독살자가 서너 명의 배우와 다시 들어와, 왕비와 함께 슬퍼하는 시늉을 한다. 시체가 들것에 실려 나가고, 독살자가 왕비에게 선물을 내놓으며 구애한다. 왕비는 잠깐 내켜 하지 않는 듯하다가 결국에는 그의 사랑을 받아들인다. (모두 퇴장)

오필리아 저게 무슨 뜻이죠, 왕자님?

햄릿 나쁜 짓 하는 것을 곧 보게 된다는 뜻이오.

오필리아 이 무언극이 연극의 줄거리를 보여 주나 보군요.

서막 배우 등장.

햄릿 이 친구를 보면 알게 될 거요. 배우들은 비밀을 못 지켜요. 다 털어놓고 말걸.

오필리아 이 무언극이 무슨 내용인지도 말할까요?

햄릿 그렇다오. 당신이 저 친구에게 보여 주는 건 뭐든 다 말해 버릴 거요. 당신이 부끄럼을 타지 않고 보여 주면, 저 친구 도 부끄러워하지 않고 말하겠지.

오필리아 어머, 점잖지 못하세요. 전 연극이나 보겠어요.

서막 배우 저희와 저희의 비극 작품을 대신해 여러분의 너그러 운 마음에 인사드립니다. 부디 끝까지 관람해 주시기 바 랍니다. (퇴장)

햄릿 이게 도대체 서막이야, 반지에 새기는 짧은 문구야?

오필리아 정말 짧군요.

햄릿 여인의 사랑처럼.

왕과 왕비 역의 배우 등장.

배우 왕 태양신의 수레가 서른 번을 꼭 채워
　　　　해신의 짠 물길과 지신의 둥근 땅을 돌고
　　　　달님은 열두 달씩 서른 번 빌린 빛으로
　　　　열두 번씩 서른 번 세상을 비췄소.
　　　　사랑이 우리 마음을, 결혼의 신이 우리 손을
　　　　신성한 인연으로 묶어 준 이래로.

배우 왕비 우리 사랑 다하기 전, 해님과 달님이 그만큼 여행을 또다시 허락해 주시길!
하지만 슬퍼요. 당신이 요즘 허약해져
생기도 활력도 예전과 다르셔요.
걱정이 되어요. 하지만 내 걱정에
당신의 마음이 상해선 안 돼요.
여자의 근심과 사랑은 양이 같아서
그 둘이 하나도 없거나 너무 많지요.
내 사랑이 어떤지는 겪어 봐서 아시죠.
내 사랑이 큰 만큼 근심도 크답니다.
사랑이 클 때는 잔걱정이 근심되고
근심이 쌓이면 사랑도 커지지요.

배우 왕 여보, 난 머잖아 당신을 떠나야 하오.
내 몸의 기능이 점차 멈추고 있소.
당신은 이 고운 세상에 혼자 남아서
공경과 사랑을 받으며 살아가오.
그러다 나만큼 다정한 사람을 만나면
부디 당신의 남편으로…….

배우 왕비 아, 뒷말은 제발 하지 마세요!
그러한 사랑은 내 마음을 배반하는 일,
두 번째 남편을 맞는다면 저주를 받겠어요.
첫 남편을 죽이지 않고선 절대로 두 번 결혼할 수 없어요.

햄릿 (방백) 아, 쓰구나, 써.

배우 왕비 두 번째 결혼을 한다면 재물이 탐나서지,

　　　　사랑 때문이 아니에요.

　　　　두 번째 남편이 내게 입 맞출 땐

　　　　남편을 두 번째 죽이는 게 될 거예요.

배우 왕 당신이 지금 한 말 진심이라 믿겠소.

　　　　하지만 사람은 결심을 가끔씩 깨뜨리오.

　　　　결심은 기억의 노예일 뿐이어서

　　　　처음엔 강해도 지속성은 약하다오.

　　　　지금은 덜 익어 나무에 매달려 있지만

　　　　익으면 흔들지 않아도 떨어진다오.

　　　　우리가 자신에 진 빚을 갚는 일

　　　　끝내는 잊는 것 필연적인 일이오.

　　　　격정에 휩쓸려 다짐한 마음은

　　　　감정이 식으면 잊히기 마련이오.

　　　　슬픔과 기쁨의 맹렬한 감정은

　　　　실천의 과정에서 저절로 소멸하오.

　　　　기쁨의 잔칫날, 슬픔은 비탄에 빠지고

　　　　조그만 우연에 슬픔과 기쁨은 뒤바뀌오.

　　　　이 세상 덧없고 우리 사랑 역시

　　　　운명과 더불어 변하는 것 이상치 않소.

아직도 풀리지 않고 남아 있는 의문은

사랑과 운명 중 무엇이 무엇을

이끄는지 하는 것, 그것이 알고 싶소.

권력자 몰락하면 측근은 도망치고

미천한 자 출세하면 적이 친구가 되오.

아직은 사랑이 운명을 따르는 셈.

넉넉한 자에겐 친구가 넉넉한데

가난한 자가 부실한 친구를 시험하다간

곧바로 그자를 원수로 만들고 마오.

하지만 시작한 곳에서 마무리하자면

우리의 의지와 운명은 반대로 달리니

우리의 계획은 언제나 뒤집히기 마련.

생각은 우리 것이지만 결과는 아니오.

당신은 두 번째 남편과 결혼은 없다지만

첫 남편 죽고 나면 그 생각도 죽고 마오.

배우 왕비 과부가 된 이 몸이 또다시 남의 아내가 된다면

이 땅은 음식을, 하늘은 빛을 주지 않고

낮에는 즐거움이, 밤에는 휴식이 없을 거예요.

믿음과 희망은 절망으로 바뀔 것이고

감옥에서 생활하듯 어둠에 갇혀 지낼 것이고

잘되기 바라는 일은 기쁨의 얼굴을 흐리게 하는

어려움을 만나서 망쳐 버릴 것이고

현세와 내세에서 영원히 고초를 겪을 거예요.

햄릿 저 맹세를 깨뜨리면 어떡하지!

배우 왕 진심 어린 맹세를 해 주었소, 여보.

잠시 혼자 있었으면 하오.

정신이 흐릿해지는 것 같으니,

잠을 청해 이 지루한 하루를 잊어버리고 싶소. (잠이 든다.)

배우 왕비 잠으로 머리를 식히세요.

우리 두 사람에게 불행이 닥치지 않기를! (퇴장)

햄릿 어머니, 이 연극 어떤가요?

왕비 왕비의 맹세가 좀 지나친 것 같구나.

햄릿 그래요? 그래도 약속은 지키겠죠.

왕 줄거리는 알고 있느냐? 거북한 내용은 없었나?

햄릿 아뇨, 없습니다. 그냥 장난 같은 거예요. 독이 들어 있는 장난이죠. 거북한 내용은 없고요.

왕 이 연극의 제목이 무엇이지?

햄릿 '쥐덫'입니다. 무슨 제목이 그러냐고요? 일종의 비유죠. 이 연극은 비엔나에서 있었던 살인 사건을 그대로 재연한 겁니다. '곤자고'는 공작의 이름이고, 공작의 아내는 '밥티스타'죠. 곧 보시게 될 겁니다. 흉측한 작품이지만, 뭐 어떻습니까? 찔리는 데가 있는 놈이야 움찔하겠지만, 전하나 저희야 죄 없는 영혼이니 무슨 걱정이겠습니까?

루시어너스 등장.

햄릿　이자는 루시어너스인데, 왕의 조카 역입니다.

오필리아　연극 해설자를 해도 되겠군요, 왕자님.

햄릿　당신과 당신 애인이 노는 걸 해설해 줄 수도 있소. 두 사람
　　　이 노는 걸 볼 수 있다면.

오필리아　왕자님 말씀에 상처 입겠어요, 잔뜩 날이 서서.

햄릿　내 칼날을 무디게 하려면 신음 소리 좀 내야 할 거요.

오필리아　표현은 더 좋아도 내용은 더 나빠요.

햄릿　여자들은 남편을 맞이하는 혼인 서약에서도 '좋을 때나 나
　　　쁠 때나'라고 거짓말을 하더군. (방백) 시작해라, 살인자야.
　　　그 빌어먹을 낯짝 집어치우고 어서 시작해, 어서. 까마귀
　　　가 깍깍대며 복수하라고 울어 댄다.

루시어너스　검은 생각, 재빠른 손, 알맞은 독약, 적절한 때
　　　보는 사람까지 없으니, 모든 것이 나를 돕는구나.
　　　한밤중에 캐낸 독초로 우려낸 독약이여!
　　　마녀의 주문을 삼세번 걸었으니
　　　자연의 마력과 무서운 성분으로
　　　팔팔한 생명을 당장에 빼앗아라.

(배우 왕의 귀에 독약을 쏟아붓는다.)

햄릿 저자는 왕위를 노리고 정원에서 왕을 독살합니다. 이름이 곤자고죠. 이건 실화이고, 아주 훌륭한 이탈리아 말로 쓰였습니다. 저 살인자가 어떻게 곤자고 부인의 사랑을 얻게 되는지 곧 보시게 될 겁니다.

오필리아 전하가 일어나십니다.

햄릿 뭐야, 공포탄에 벌써 겁을 먹었나?

왕비 전하, 괜찮으세요?

폴로니어스 연극을 중단하시오.

왕 불을 가져와라. 가자!

신하들 불, 불을 밝혀라, 불을! (햄릿과 호레이쇼만 남고 모두 퇴장)

햄릿 (읊는다.)

상처 난 사슴 울라 하고
안 다친 사슴 놀게 하렴.
누구는 자는데 누구는 깨어 있네.
세상은 그렇게 돌아가는 법.

여보게, 이만한 연출 솜씨를 갖추고, 깃털 장식을 잔뜩 단 모자에 프로방스 장미꽃 리본을 맨 줄무늬 구두를 신으면, 나도 배우들 무리에 한자리 낄 수 있지 않을까? 앞으로 내

신세가 어려워지면 말이야.

호레이쇼　반 자리 정도는 끼실 수 있겠습니다.

햄릿　아니, 한 자리는 온전히 차지해야지.

　　너는 알겠지, 사랑하는 친구야,

　　이 나라에선 제우스가 쫓겨났다.

　　지금 이곳을 다스리는 자는

　　올빼미 같은 어느 불한당.

호레이쇼　운을 맞추실 걸 그랬어요.

햄릿　이봐, 호레이쇼. 난 이제 유령의 말을 천만금을 주고라도
　　사겠네. 자네도 보았지?

호레이쇼　그럼요, 왕자님.

햄릿　독살 연기하는 대목이었어.

호레이쇼　왕을 아주 유심히 지켜봤습니다.

햄릿　자, 이제 음악을 울리게. 여어, 피리꾼들!

　　왕께서 희극이 싫다시면야⋯⋯.

　　뭐, 정말 싫으신 거겠지.

　　자, 음악을 울리라고!

로젠크란츠와 길든스턴 다시 등장.

길든스턴 왕자님, 한 말씀 드려도 될까요?

햄릿 긴 이야기라도 괜찮네.

길든스턴 전하께서…….

햄릿 무슨 일이 있으신가?

길든스턴 아주 언짢아하시며 안으로 드셨습니다.

햄릿 취하신 건가?

길든스턴 아뇨, 화가 나셨습니다.

햄릿 그렇다면 의사에게 알리는 게 더 현명한 처사가 아니겠
나? 내가 섣불리 나섰다간 오히려 왕의 화병을 도지게 할
지도 모르니까.

길든스턴 왕자님, 대화에 좀 집중해 주십시오. 제 용건을 그처럼
무턱대고 피하지만 마시고요.

햄릿 그래, 얌전히 듣지. 어디 말해 봐.

길든스턴 왕비님께서 마음이 크게 상하셔서 저더러 왕자님께 가
보라 하셨습니다.

햄릿 잘 왔어.

길든스턴 아니, 왕자님, 그런 식으로 말씀하시는 건 옳지 않습니
다. 제대로 된 대답을 해 주시면 왕비님의 말씀을 전하겠
습니다만, 만약 그렇게 하지 않으시면 저는 이만 돌아가겠

습니다.

햄릿 이봐, 난 못 해.

길든스턴 무엇을 말씀입니까, 왕자님?

햄릿 제대로 된 대답 말이야. 난 머리가 병들었잖나? 내가 그런 대답을 할 수 있다면야, 자네가 하라는 대로 얼마든지 하지. 아니, 어머니가 하라시는 대로 말이야. 그러니 그건 됐고, 요점만 말해 보게. 그래, 어머니께서 뭐라고 하셨지?

로젠크란츠 그렇다면 말씀드리겠습니다. 왕자님의 행동에 크게 당황하고 놀랐다고 하셨습니다.

햄릿 아, 훌륭한 아들이로군. 어머니를 그처럼 놀라시게 하다니. 그런데 놀라신 다음의 이야기는 없었나? 어서 말해 봐.

로젠크란츠 왕자님과 이야기를 나누고 싶다고 하셨습니다. 주무시기 전에 왕비님 내실에서요.

햄릿 암, 분부에 따르겠네. 어머니의 열 곱절쯤 되는 분이라 하더라도 말이야. 나에게 용무가 더 남아 있나?

로젠크란츠 왕자님, 왕자님께서는 한때 저를 매우 아끼셨죠.

햄릿 지금도 여전히 아끼고 있는걸. 못된 버릇을 버리지 못한 이 두 손에 걸고…….

로젠크란츠 왕자님, 마음의 병을 앓고 계시는 이유가 대체 무엇입니까? 친구에게까지 괴로움을 털어놓지 않으시면, 그건 자유롭게 드나들 수 있는 문을 스스로 걸어 잠그는 것이나 마찬가지입니다.

햄릿 로젠크란츠, 내가 출세를 못 해서 그래.

로젠크란츠 무슨 말씀입니까? 전하께서 왕자님을 왕위 계승자로 지목하시지 않았습니까?

햄릿 그래, 그랬지. 그런데 '풀이 자라기를 기다리다 말은 배고 파 죽어 간다.'는 속담도 있지 않나? 이 속담도 이제 곰팡 내가 나고 있어.

배우들이 피리를 가지고 등장한다.

햄릿 아, 피리로군! 어디 좀 보자. (로젠크란츠와 길든스턴에게) 이 건 자네들에게만 얘기하고 싶은 건데, 왜 자꾸 나를 이상 한 쪽으로 몰아가나? 나를 무슨 올가미에라도 몰아넣으려 는 듯이.

길든스턴 아, 왕자님. 제 행동이 좀 지나쳐 보이더라도, 다 충정에 서 나온 무례라 여겨 주시기 바랍니다.

햄릿 무슨 소린지 모르겠군. 이 피리를 좀 불어 주겠나?

길든스턴 불 줄 모릅니다.

햄릿 부탁이야.

길든스턴 정말입니다. 불 줄 모릅니다.

햄릿 제발 부탁해.

길든스턴 이 물건에 대해선 아는 게 없습니다, 왕자님.

햄릿 거짓말하는 것만큼이나 다루기 쉽지. 엄지와 다른 손가락으로 이 구멍들을 번갈아 막으면서 입으로 숨을 불어넣으면 돼. 그럼 그지없이 멋진 음악이 흘러나오지. 보라고, 이것들이 음을 조절하는 구멍이야.

길든스턴 그렇다 해도 제가 이걸 다루어 무슨 화음을 만들어 낼수 있겠습니까? 익히지를 못했는데요.

햄릿 이봐, 자넨 날 아주 형편없는 물건으로 취급하고 있어. 날악기처럼 다루려고 하고 있잖나? 내 어떤 구멍에서 무슨 소리가 나는지 다 아는 것처럼. 내 마음을 울려 비밀을 빼내고 싶은 거지? 낮은 음부터 높은 음까지 모조리 울려 보고 싶은 거야. 그래, 여기 내 이 조그만 악기 안엔 아주 많은 음악이, 아주 훌륭한 목소리가 들어 있지. 그런데 자넨이 악기를 가지고도 소리를 못 내? 빌어먹을, 내가 이 피리보다 다루기가 더 쉬워 보이나? 나를 악기 취급해도 좋아. 하지만 자네가 나를 짜증나게 할 수는 있어도 연주하지는 못해.

폴로니어스 등장.

햄릿 복 받으시오, 경!

폴로니어스 왕자님, 왕비님께서 하실 말씀이 있답니다. 지금 당장 말입니다.

햄릿 저기 저 낙타처럼 생긴 구름이 보이시오?

폴로니어스 그렇군요. 영락없는 낙타 모양이네요.

햄릿 내겐 족제비 같아 보이는데?

폴로니어스 등 모양이 족제비 같기도 하군요.

햄릿 고래를 닮은 것도 같고.

폴로니어스 고래도 많이 닮았습니다.

햄릿 곧 어머니를 뵈러 가도록 하겠소. (방백) 나를 완전히 바보 취급하는군. (폴로니어스를 향해) 곧 가겠소.

폴로니어스 그렇게 전하겠습니다.

햄릿 당장이라고 말하기는 쉽지. 자네들도 그만 물러가. (햄릿을 남기고 모두 퇴장) 지금은 마녀들이 활동하기에 딱 좋은 밤 시간. 교회 안 묘지가 입을 쩍 벌리고, 지옥이 세상에 독기를 내뿜을 때다. 지금이라면 나도 뜨거운 피를 들이마시고, 낮이 보면 진저리를 칠 만한 잔인한 짓을 할 수 있지. 가만! 이제 어머니에게 가 봐야지.

오, 마음아, 자식의 정은 잃지 마라. 제 어미를 죽인 네로[1]의

---

[1] **네로** 로마의 5대 황제로 측근을 처형하고, 기독교도를 학살하는 공포 정치를 하였다. 이복 동생을 왕위에 앉히려고 하는 어머니 아그리피나를 죽인다.

혼을 이 가슴에 절대 들여선 안 돼. 모질게 굴되, 패륜까진 가지 마라. 비수처럼 찌르는 말은 하더라도 진짜 비수는 쓰지 말자. 이 점에선 내 말과 마음이 잘 맞지 않아야 해. 말로는 아무리 어머니를 질책해도, 마음은 거기에 절대 동의하지 않는 거야. (퇴장)

〈3장〉

성 안의 방.

왕, 로젠크란츠, 길든스턴 등장.

왕   녀석이 마음에 들지 않네. 저렇게 미치광이 짓을 하는 걸 그냥 내버려 둘 순 없어. 자네들, 준비하도록 하게. 당장 위임장을 써 줄 테니 햄릿과 함께 잉글랜드로 가. 광증이 시시각각 심해져서 나라의 안전을 위협하고 있으니, 국왕으로서 계속 방치할 수가 없네.

길든스턴   준비하도록 하겠습니다. 전하께 의지하는 수많은 백성을 안전하게 지키려는 마음이야말로, 하늘의 뜻에 충실한 거룩한 염려일 것입니다.

로젠크란츠 사사로운 개인의 삶도 해를 입지 않도록 마음을 무장하고 온 힘을 기울여 지켜야 하지요. 수많은 삶이 의지하고 있는 분의 안위는 더 말할 것도 없고요. 왕의 죽음은 혼자만의 것이 아닙니다. 소용돌이처럼 주변의 모든 것을 함께 끌어들입니다. 높은 산꼭대기에 세워진 거대한 운명의 물레바퀴와 같습니다.

커다란 바큇살들에 오만 가지 것들이 물려 있고 연결되어 있어 그것이 굴러떨어지면, 거기에 딸린 작은 부품들이며 이것저것 많은 것들이 요란스러운 소리를 내며 모조리 부서지고 맙니다. 왕의 한숨은 홀로 내쉬는 한숨이 아닙니다. 온 백성의 신음이 따르지요.

왕 속히 떠날 수 있도록 준비하게. 난 이 걱정거리에 족쇄를 채우겠네. 이게 너무 멋대로 활개치고 다니고 있어.

로젠크란츠 서두르겠습니다. (로젠크란츠와 길든스턴 퇴장)

폴로니어스 등장.

폴로니어스 전하, 왕자가 왕비의 내실로 가고 있습니다. 전 휘장 뒤에 숨어 두 분이 하는 말을 엿들어 보겠습니다. 왕비께서 왕자를 호되게 꾸짖으실 게 분명합니다. 전하 말씀처럼 자식의 말은 어머니 아닌 다른 사람이 들어 보는 것이 맞습니다. 매우 현명하신 말씀이었습니다. 사람의 정이란 게 자연히 자식 쪽으로 기울게 되니까요. 저는 이만 물러가겠습니다, 전하. 주무시기 전에 찾아뵙고 알아낸 것을 말씀드리겠습니다.

왕 고맙소, 경. (폴로니어스 퇴장) 아, 내 죄의 썩은 내가 하늘까지 찌르는구나. 난 인간에게 최초의 저주가 내린 죄, 형제를 죽이는 죄를 짓고 말았지. 그런 사람이 어떻게 기도를 하겠어? 하고 싶은 마음은 간절하지만, 죄의식이 더 강해서 그 간절한 마음을 꺾어 버리니, 난 동시에 두 가지 일에 매인 사람처럼, 무엇을 먼저 할까 망설이다가 결국 둘 다 못 하고 있어. 그런데 이 저주받은 손이 형의 피로 범벅이 되어 있다 해도, 저 자비로운 하늘에 그걸 눈처럼 희게 씻어 줄 만한 빗물이 없을까? 죄를 씻어 줄 수 없다면 그게 대체 무슨 자비란 말인가?

기도라는 건 우리의 타락을 막기도 하지만, 타락한 뒤에는 용서를 해 주는 두 가지 힘을 가지고 있는 건데, 그걸 못 한다면 기도가 무슨 소용이야? 그래, 기도의 힘을 믿고 나도 용기를 내 보자. 내 잘못은 이미 지나간 일 아닌가.

하지만 어떻게 기도를 올려야 하지? 더러운 살인을 용서하소서? 그건 안 되지. 아직도 나는 살인으로 얻은 왕관과 야심과 왕비를 그대로 가지고 있으니까.

범죄로 얻은 것을 그대로 가지고 있으면서도 용서를 받을 수 있는 걸까? 썩어 빠진 이 세상에서는 죄지은 놈도 돈만 있으면 정의를 밀어내기도 하고, 부정하게 얻은 것으로 법을 매수하기도 하는 걸 얼마든지 볼 수 있지. 하지만 하늘에는 그런 일이 없어. 거기서는 속임수가 안 통해. 어떤 짓도 감출 수가 없지. 잘못을 저지르면 모든 것이 낱낱이 증거로 나오니까.

그럼 어떻게 해야 하지? 회개를 해 봐? 회개하면 안 될 게 없잖아. 하지만 회개를 할 수 없는 처지인데 무슨 소용이야? 아, 비참한 신세로구나! 가슴이 시커멓게 탄다! 영혼이 수렁에 빠져 벗어나려 발버둥칠수록 더 빠져드는구나! 천사들이여, 도와주소서! 아니, 한번 해 보자! 무릎아, 고집부리지 말고 제발 꿇어라. 철근 같은 심줄로 빚어진 심장아, 갓난아기 힘줄처럼 부드러워지렴! 모든 일이 다 잘될 수도 있으니. (무릎을 꿇는다.)

햄릿 등장.

햄릿 (방백) 저자가 기도를 하고 있군. 딱 좋은 기회다. 지금 해치우고 말자. (칼을 빼든다.) 그럼 놈은 하늘로 가고, 나는 복수를 하는 거지. 그런데 가만, 좀 더 따져 볼 필요가 있어. 악당이 아버지를 죽였는데, 하나뿐인 아들인 내가 그 복수로 악당 놈을 천국으로 보낸다? 아니, 이건 그자 좋은 일 시켜 주는 거지 복수가 아니야.

놈은 아버지가 천박한 도락에 빠져 온갖 악행을 꽃피우고 있을 때 목숨을 앗아 갔어. 아버지 죄에 대한 판결이 어떻게 날지는 하늘만 알겠지만, 이 세상의 방식으로 따져 보면 좋은 판결이 나기는 힘들지. 그렇다면 저자가 기도로 제 영혼을 씻고 있을 때, 그러니까 저세상에 갈 준비를 아주 잘하고 있을 때 목숨을 뺏는다면 나는 복수를 제대로 하는 걸까? 아니지. (칼을 집어넣는다.)

참아라, 칼아. 더 좋은 기회를 찾자. 저자가 술에 취해 잠들어 있거나 침대에서 근친상간의 쾌락을 즐기고 있을 때, 욕을 하면서 노름을 하고 있거나 구원받을 여지가 전혀 없는 행동을 하고 있을 때 다리를 걸어 쓰러뜨리자. 저자의 발꿈치가 하늘을 걷어차고, 저자의 영혼은 시꺼멓게 저주받아 지옥에 떨어지도록. 어머니가 기다린다. 네놈의 그 기도가 당장은 약이 될지 몰라도 결국은 네놈의 병든 시간을 연장해 주는 데 지나지 않을 거다. (퇴장)

왕 (일어서며) 말은 날아오르는데, 생각은 땅 위에 머물고 마는구나. 생각이 따르지 않는 말이 어떻게 하늘에 이르겠는가. (퇴장)

〈4장〉

왕비의 내실.

왕비와 폴로니어스 등장.

폴로니어스 왕자가 곧 올 겁니다. 단단히 꾸짖으셔야 합니다. 장
난질이 도를 지나쳐 참기가 힘들었다 하시고, 전하가 불
같이 화내시는 걸 왕비님께서 간신히 가라앉히셨다고 하
십시오. 전 여기에 조용히 있겠습니다. 따끔하게 말하셔야
합니다.

햄릿 (무대 밖에서) 어머니, 어머니, 어머니!

왕비 다 알겠으니 걱정 말고 숨어 계시오. 왕자가 오는 소리가
들리오. (폴로니어스, 휘장 뒤에 숨는다.)

햄릿 등장.

햄릿 어머니, 무슨 일입니까?

왕비 햄릿, 네 아버지가 너 때문에 몹시 화가 나셨다.

햄릿 어머니, 제 아버지도 어머니 때문에 몹시 화가 나셨죠.

왕비 이런, 이런. 무슨 대꾸가 그렇게 경박한 게냐?

햄릿 저런, 저런. 무슨 물음이 그렇게 간악합니까?

왕비 아니, 햄릿. 무슨 말을 그렇게!

햄릿 왜 그러십니까?

왕비 내가 누군지 잊어버렸니?

햄릿 아뇨, 전혀요. 왕비님이시고, 남편의 동생의 아내 아니십니까? 그리고 아니라면 좋겠지만, 제 어머니시고요.

왕비 네가 정 그렇게 나온다면, 너에게 말이 먹힐 사람을 불러야겠다.

햄릿 아니, 여기 앉으세요. 꼼짝 못 하십니다. 어머니가 어머니 마음속 가장 깊은 곳을 들여다볼 수 있는 거울을 세워 놓으실 때까지는 아무 데도 가지 못하십니다.

왕비 대체 무슨 짓을 하려고? 날 죽이려는 게냐? 여봐라, 사람 살려라!

폴로니어스 (휘장 뒤에서) 이크, 여봐라! 사람 살려라!

햄릿 이건 뭐야! 쥐새끼냐? 죽어라, 이놈! 죽어! (휘장 안으로 칼을 찌른다.)

폴로니어스 (휘장 뒤에서) 아이고, 나 죽네. (쓰러져 죽는다.)

왕비 맙소사, 지금 무슨 일을 저지른 거냐?

햄릿 모르겠습니다. 왕입니까? (휘장을 들치고 폴로니어스가 죽어 있는 것을 본다.)

왕비 아, 이 무슨 경솔하고 잔인한 짓이냐!

햄릿 잔인한 짓이요? 왕을 죽이고, 그 동생과 결혼한 것만큼이나 몹쓸 짓이겠지요, 어머니.

왕비 왕을 죽여?

햄릿 예, 그렇습니다. (죽은 폴로니어스를 향해) 천박하고, 경솔하고, 참견 잘하는 바보, 잘 가시오. 난 당신 윗사람인 줄 알았소. 운명을 받아들이시오. 너무 설치면 안 된다는 것도 이제 알았겠지. (왕비에게) 손 좀 쥐어짜지 마시고 가만히 앉아 계세요. 제가 심장을 쥐어짜 드릴 테니까요. 그 심장이 설마 아무것도 뚫고 들어갈 수 없는 것으로 만들어진 건 아니겠지요? 몹쓸 놈의 습관이 그 심장을 감정이라곤 전혀 뚫고 들어갈 수 없는 쇳덩이처럼 단단하게 만들어 버린 건 아니죠?

왕비 내가 대체 무슨 짓을 했다고 함부로 혀를 놀려 그처럼 무례한 말을 지껄이는 거냐?

햄릿 무슨 짓을 했냐고요? 정숙한 여인의 우아하고 수줍은 미덕을 더럽히고, 정절을 위선이라 부르며, 순수한 사랑의 아리따운 이마에서 장미꽃을 떼어 내셨지요. 거기에 창녀의 낙인을 찍고, 혼인의 서약을 노름꾼의 맹세처럼 가짜로 만드는 짓을 하셨어요. 혼인 계약의 몸에서 영혼을 뽑아 버리고, 신성한 종교 의식을 한낱 말장난으로 만드는 그런 짓을 하셨습니다. 하늘이 얼굴을 붉힙니다. 네, 이 단단한 땅덩이도 최후 심판의 날을 맞은 것처럼 슬픈 얼굴로 그러한 짓을 떠올리고 역겨워해요.

왕비 아니, 도대체 무슨 짓이기에 시작부터 그렇게 요란하고 야
단스러운 거냐?

햄릿 여기, 이 그림을 보세요. 그리고 이것도요. 형제의 초상화
입니다. 보세요. 이분의 이마에 얼마나 기품이 서려 있는
지. 태양신의 곱슬머리에, 제우스의 이마, 군신처럼 위협
하며 호령하는 눈, 전령의 신 헤르메스가 하늘에 닿은 언
덕에 막 내려선 듯한 자세. 정말이지, 이들 신을 다 합쳐 놓
은 것 같은 모습 아닌가요?

저 모습을 보면 신들이 세상에 저분을 인간의 본보기로 내
세운 것 같지 않습니까? 저런 분이 어머니의 남편이었습
니다. 이제 다음을 보세요. 이쪽은 지금의 남편입니다. 건
강했던 형님을 말려 죽인 곰팡이 핀 이삭 같은 인간이죠.
대체 눈이 있습니까? 이 아름다운 산에서 풀을 뜯지 않고,
어떻게 이 늪지에서 배를 불릴 생각을 할 수 있어요?

하! 어머닌 도대체 눈이 있으신 겁니까. 그것을 설마 사랑
이라 할 수는 없을 것입니다. 어머니의 나이가 되면 한창
때의 뜨거운 욕망도 수그러들어 겸손해진 마음으로 분별
력을 따르게 되죠. 그런데 도대체 무슨 분별력이 여기에서
이리로 옮아간단 말입니까?

감각이야 분명 있으시겠죠. 없으면 움직이지도 못하실 테

니까요. 하지만 분명, 그 감각이 마비되었나 봅니다. 미친 사람도 그런 실수는 저지르지 않으니까요. 미쳤다고 해서 감각이 완전히 제구실을 못 하는 것도 아니고요. 그 정도의 뚜렷한 차이를 구별할 수 있는 분별력은 얼마간 남아 있을 테니까요.

도대체 어떤 악귀에 홀렸기에 그처럼 눈뜬장님이 되어 버리셨죠? 만지지 못해도 눈만 있다면, 보지 못해도 만질 수만 있다면, 손이나 눈이 없어도 귀만 있다면, 다른 게 아무 것도 없어도 냄새만 맡을 수 있다면, 아니, 병든 사람이라 하더라도 진정한 감각 한 조각만 있다면 그처럼 생각 없이 행동할 수는 없을 겁니다.

아, 수치심아! 부끄러움을 아는 네 뺨은 어디 갔지? 이성을 거스르는 욕정아! 네가 중년 여인의 뼛속에서도 이토록 큰일을 할 수 있으니, 열정에 불타는 젊은이의 정숙함 따위는 제 불길로 밀랍처럼 녹여 버릴 수도 있겠구나. 그러니 감당 못 할 격정이 공격해 와도 부끄러워할 것 없겠어. 머리에 서리가 내린 나이에도 몸이 달아오르고, 이성마저 욕정의 뚜쟁이 노릇을 하는 판이니.

왕비 아, 햄릿, 그만해라! 네가 내 영혼을 들여다보게 하는구나. 시꺼먼 얼룩들이 끼어 있는 게 보인다. 너무 진해 씻기지 않을 것 같아.

햄릿 아니, 그러면서 땀 냄새 진동하는 더러운 침대에서 살아요? 타락에 찌든 추잡한 돼지우리 같은 곳에서 아양 떨고, 부둥켜안고 뒹굴면서?

왕비 아, 제발 그만해! 그 말이 비수처럼 귀에 꽂히는구나. 그만해, 햄릿.

햄릿 살인자에 악당 놈, 전 주인의 백분의 일도 못 되는 놈, 폭군 중의 폭군, 나라와 통치권을 가로챈 소매치기, 귀중한 왕관을 슬쩍해서 제 주머니에 처넣은 놈!

왕비 그만해!

햄릿 누더기 넝마를 주워 입은 광대 같은 놈!

유령 등장.

햄릿 천사들이여, 구해 주소서. 날개로 나를 감싸 지켜 주시오. (유령에게) 어쩐 일로 오셨습니까?

왕비 아, 저 아이가 진짜 미쳤구나.

햄릿 (유령에게) 느려 터진 아들을 꾸짖으러 오신 건가요? 기회를 놓치고 열의도 식어 지엄한 명령을 즉각 실행하지 못한 놈이라고? 아, 말씀하십시오!

유령 잊지 마라. 네 무뎌진 결심의 날을 세워 주기 위해 찾아왔다. 그런데 보아라. 네 어머니가 몹시 놀라고 당황스러워

하고 있다. 마음속으로 싸움을 벌이고 있는 네 어머니를 도와주어라. 몸이 약한 자일수록 망상의 영향을 크게 받기 마련이다. 어머니에게 말을 건네라, 햄릿.

햄릿 괜찮으세요, 왕비님?

왕비 아이고, 너 어떻게 된 거니? 아무것도 없는 허공에 대고 말을 하고 있으니. 네 눈이 무서운 생각을 쏟아 내고 있는 것 같구나. 얌전하게 누웠던 네 머리카락이 마치 살아 있는 것처럼 곤두섰어. 아! 온순하던 내 아들, 냉정한 인내심으로 네 산란한 마음의 뜨거운 불길을 식히렴. 지금 어디를 쳐다보고 있지?

햄릿 저분이요, 저분! 보세요, 눈빛이 정말 창백하지 않습니까? 저분이 저 모습으로 나타난 사연을 들으면 돌덩이조차 마음이 움직일 겁니다. (유령에게) 저를 보지 마십시오. 그처럼 보시면 제 단단한 결심이 흐트러질 수 있습니다. 그러면 제가 해야 할 일이 목적을 잃고, 복수의 피 대신 연민의 눈물을 흘리게 될지도 모릅니다.

왕비 누구에게 하는 말이냐?

햄릿 저기, 저게 보이지 않으십니까?

왕비 아무것도 보이지 않아. 있는 건 다 보이지만.

햄릿 아무 소리도 들리지 않으세요?

왕비 그래, 우리 소리밖에는.

햄릿 아니, 저기 보세요! 저기! 지금 사라지고 있어요! 아버님 이에요. 살아 계실 때와 똑같은 차림이에요! 보세요. 지금 막 문밖으로 나가고 계시잖아요! (유령 퇴장)

왕비 이건 다 네 머리가 지어낸 거야. 사람이 미치면 이런 식으로 헛것을 잘 지어내지.

햄릿 제가 미쳤다고요? 제 맥박은 어머니 맥박처럼 박자에 맞춰 차분하고 건강하게 잘 뛰고 있어요. 제가 미쳐서 한 말이 아니라고요. 정말로 미쳤는지 한번 시험해 보세요. 무슨 말이든 따라서 해 볼 테니. 미쳤다면 어떤 말이든 빠뜨릴 겁니다.

어머니, 제발! 양심의 상처에 마음을 달래는 약 같은 걸 바르려고 하지 마세요. 어머니 죄는 덮어 두고 제 광기가 문제라고 하지 마시라고요. 약이 헌데를 살짝 덮어 주기는 하겠죠. 하지만 곪은 부위는 안으로 파고들어 보이지 않게 퍼진다는 걸 아셔야죠.

어서 하늘에 고백하세요. 지난 일을 뉘우치고, 앞으로는 삼가세요. 잡초에 거름을 주어 더 무성하게 만들지 마시고요. 제가 이처럼 설교하는 걸 용서하세요. 도덕이 땅에 떨어진 천박한 시절엔 미덕이 오히려 악덕에게 용서를 구하며 도와줘도 되겠느냐고 허락을 구하지요.

왕비 아, 햄릿. 네가 내 가슴을 두 갈래로 찢어 놓는구나.

햄릿 두 갈래 중 나쁜 쪽은 버리시고, 좀 더 깨끗한 쪽만 가지고
사세요. 안녕히 주무세요. 삼촌 침대로 가시진 말고요. 정
숙하지 못하면 흉내라도 내 보세요. 습관이란 괴물은 악습
을 느끼는 감각을 모조리 먹어 치우지만 천사 같은 면도
있으니까요. 아름답고 선한 행동을 자주 하다 보면 그것을
좋은 버릇으로 만들어 주기도 한답니다.

오늘 밤은 참으세요. 그러면 다음번에는 참기가 조금 쉬워
지고, 그다음에는 더 쉬워질 거예요. 습관은 천성도 바꿔
놓을 수 있고, 악마를 부릴 수도 있는가 하면, 그 악마를 내
쫓아 버릴 수도 있을 만큼 힘이 엄청나지요.

다시 한 번 인사드립니다. 안녕히 주무세요. 어머니가 회
개하는 마음으로 하느님께 자비를 비신다면, 저도 작별 인
사로 어머니께 자비를 청할게요. (폴로니어스를 가리키며) 이
영감의 일은 안됐습니다. 하지만 이건 하늘의 뜻입니다.
이자를 통해 저를 벌하고, 저를 통해 이자를 벌한 겁니다.
저는 하늘의 징벌을 대신 집행하였을 뿐입니다. 시체는 제
가 처리하고 이 사람을 죽이게 된 일은 잘 해명하도록 하
겠습니다.

그럼 안녕히 주무세요. 잘해 보려는 뜻이었는데, 그러자니
잔인해질 수밖에 없군요. 시작이 좋지 않네요. 더 좋지 않
은 일이 또 남아 있지만요. 한 말씀만 더 할게요, 어머니.

왕비　난 어떡해야 한단 말이냐?

햄릿　제가 지금부터 말씀드리는 일은 절대 하지 마세요. 그 비곗덩어리 왕이 또 어머니를 침대로 꼬이겠죠. 음탕하게 볼을 꼬집으면서 '내 생쥐'니 뭐니 하고 부를 겁니다. 그러다 구린내 나는 키스를 두어 번 해 주거나, 그놈의 염병할 손가락으로 목을 어루만져 주면 사실을 죄다 까발려 버릴 수도 있겠죠. 제가 실은 미치지 않았고, 그냥 미친 척하고 있을 뿐이라고요.

　그자에게 알려 주면 참 좋아하겠네요. 예쁘고, 정숙하고, 똑똑한 왕비 말고 누가 그런 중대사를 두꺼비, 박쥐, 수고양이 같은 자에게 감추겠어요? 누가 그러겠느냐고요? 못 감출 겁니다. 비밀이고 자시고 무슨 소용 있겠어요? 유명한 원숭이 이야기처럼, 새장을 들고 지붕 위로 올라가 문을 열어 새들을 날려 보내고는, 자기도 흉내를 낸답시고 새장에 기어 들어가 뛰어나오다가 지붕에서 떨어져 목을 부러뜨려야지요.

왕비　걱정 마라. 사람의 말이 숨에서 나오고, 숨이 목숨에서 나온다면, 내겐 네가 한 말을 숨으로 내뱉을 목숨이 없다.

햄릿　전 잉글랜드로 가게 됐습니다. 알고 계세요?

왕비　이런, 잊고 있었구나. 그렇게 결정되었단다.

햄릿　국서는 이미 봉해졌고, 독사처럼 믿음직한 친구 두 놈이 왕명을 받아 제 길잡이 노릇을 하면서 저를 함정으로 몰아 갈 겁니다. 그러라지요. 지뢰를 묻은 놈이 도리어 그 지뢰를 밟아 날아가게 하는 것도 재밌으니까요. 쉽지는 않겠지만, 제가 놈들 지뢰보다 더 깊이 파서 놈들을 달나라로 날려 보내 버릴 작정입니다. 정말 재밌습니다. 두 가지 계략이 한곳에서 만나 정면 대결하겠군요.

(폴로니어스를 보며) 이 사람 때문에 서둘러야 할 것 같습니다. 이 몸뚱이는 옆방으로 옮기겠습니다. 이 양반, 이제 아주 조용해지고, 아주 신중해지고, 아주 엄숙해졌군요. 살아서는 멍청한 떠버리였는데 말이에요. 여보쇼, 당신과는 이제 일 끝냅시다. 안녕히 주무세요, 어머니. (햄릿은 폴로니어스를 끌고 퇴장하고 왕비만 남는다.)

제 4 막

음모와 재앙

〈1장〉

왕비의 내실.

왕비가 있는 곳에 왕과 로젠크란츠, 길든스턴이 등장한다.

왕 무슨 일이 있나 보오, 땅이 꺼지게 한숨을 내쉬고 있으니. 무슨 일이오? 말해 보시오. 나도 알아야 하지 않겠소? 당신 아들은 어디 있소?

왕비 (로젠크란츠와 길든스턴에게) 잠시 자리를 피해 주시오. (로젠크란츠와 길든스턴 퇴장) 아, 내가 오늘 밤에 차마 못 볼 것을 봤어요.

왕 아니, 무슨 일이오, 거트루드? 햄릿은 어떻소?

왕비 완전히 미쳤어요. 파도와 폭풍이 누가 센지 맞붙은 것처럼
무섭게 발광하다가 휘장 뒤에서 무슨 소리가 나자 칼을 휙
뽑아 들었어요.

그러고는 '쥐새끼다, 쥐새끼.' 하고 소리를 지르면서 제정
신이 아닌 상태에서 숨어 있던 죄 없는 사람을 그만 죽이
고 말았어요.

왕 하, 이거 끔찍한 일이로군! 내가 거기 있었다면 내가 당했
겠어. 이대로 두었다간 누가 무슨 일을 당할지 모르겠소.
당신도, 나도 모두가 걱정이오. 아, 이 끔찍한 짓을 어떻게
해명해야 하지?

이 미치광이 젊은이를 진작에 엄격히 통제하고 격리하지
못한 책임이 내게 떨어질 게 뻔하오. 아끼는 마음이 지나
쳐 마땅한 대책을 찾아내지 못했소. 몹쓸 병에 걸린 환자
를 세상에 숨기려다가 오히려 생명까지 위태로워지도록
병을 키운 격이오. 이 아이는 어디 갔소?

왕비 자기가 죽인 노인의 시체를 치우러 갔어요. 그런데 발작을
일으키고 있던 중에도 이 아이가 죽은 이를 보고는 석탄
속에 묻혀 있던 금처럼 맑고 순수한 정신을 내비치더군요.
자기가 저지른 일을 보고 눈물을 흘렸어요.

왕 거트루드, 갑시다. 해가 뜨는 대로 햄릿을 배에 태워 보내야겠소. 이 흉측한 사건은 내가 가진 권한과 수단을 다 동원해서 적당히 대처하고 무마할 수밖에 없소. 어디 있나, 길든스턴!

로젠크란츠와 길든스턴 등장.

왕 자네 두 사람은 가서 도와줄 사람을 찾아보게. 햄릿이 미쳐서 폴로니어스를 죽이고, 제 어머니 방에서 시신을 끌고 나갔다네. 얼른 가서 햄릿을 찾아보게. 좋은 말로 설득해서 시체를 예배당으로 옮기도록 해. 잘 부탁하네. 서두르게. (로젠크란츠와 길든스턴 퇴장)

갑시다, 거트루드. 내가 머리 좋은 친구들을 불러 모아 뜻하지 않게 일어난 이 사고를 알리고 내 계획도 이야기해야겠소.

입소문으로 번지는 중상모략은 일단 표적을 겨냥하면 세상 끝까지라도 독설을 퍼뜨리지만, 미리 대비하면 내 이름은 건드리지 않고 비껴갈 수도 있을 거요.

자, 여기서 나갑시다. 여러 가지로 마음이 어지럽고 당황스럽기 짝이 없소. (퇴장)

<h2 align="center">〈2장〉</h2>

성 안의 방.

햄릿 등장.

햄릿 안전하게 치운 셈이군.

로젠크란츠와 길든스턴 (무대 밖에서) 왕자님, 햄릿 왕자님!

햄릿 무슨 소리야? 누가 햄릿을 부르지? 아, 이 친구들이로군.

로젠크란츠와 길든스턴 등장.

로젠크란츠 왕자님, 시신은 어떻게 하셨습니까?

햄릿 흙과 섞어 버렸지. 흙과는 친척이니까.

로젠크란츠 어디 두셨는지 알려 주십시오. 저희가 시신을 예배당
　　　　으로 옮기겠습니다.

햄릿 믿어선 안 되지.

로젠크란츠 무얼 말입니까?

햄릿 내가 자네들 말을 듣고 비밀을 털어놓으리라는 걸……. 내
　　　　가 해면 같은 아첨꾼들의 말을 듣고 그렇게 할 것 같은가?
　　　　왕의 아들이 무슨 대답을 해 주어야 하겠나?

로젠크란츠 길든스턴과 저를 그런 아첨꾼으로 보시는 겁니까, 왕

자님?

햄릿 그래, 왕의 총애와 보상과 권한을 빨아들이는 해면이지. 그런 신하들이 결국은 왕에겐 가장 쓸모 있어. 원숭이가 사과 먹는 걸 보았나? 왕도 아첨꾼들을 한동안 입에 물고 있다가 나중엔 삼켜 버리지.

자네들이 모아들인 것이 필요하다 싶을 땐 그냥 쥐어짜기 만 하면 되고 말일세. 그러면 자네들 해면은 다시 말라 버 리는 거지.

로젠크란츠 무슨 말씀인지 모르겠습니다, 왕자님.

햄릿 다행이네, 독설도 멍청한 귀엔 효과가 없으니.

로젠크란츠 시신 있는 곳을 가르쳐 주시고, 저희와 함께 전하께 가셔야 합니다.

햄릿 시체는 왕과 함께 있지만 왕은 시체와 있지 않아. 왕이라 는 것은…….

길든스턴 것이라니요, 왕자님!

햄릿 아무것도 아니야. 나를 왕에게 데려다주게. 여우야, 숨어 라! 꼭꼭 숨어라. 숨었니? 이제 찾으러 간다. (햄릿, 서둘러 퇴장하고 두 사람이 뒤따라 쫓아간다.)

〈3장〉

성 안의 방.

왕, 수행원들과 등장.

왕   왕자를 찾아 시신을 어디에 두었는지 알아보라고 사람을
보냈소. 미친 자가 마음대로 돌아다니고 있으니 위험천만
한 일이오. 그렇다고 왕자에게 엄한 법을 적용할 수도 없
는 노릇. 왕자는 대중의 사랑을 받고 있잖소.

생각 없는 대중은 이성적 판단으로 좋아하는 게 아니라,
눈으로 좋아하오. 자기들 눈에 들기만 하면 죄지은 사람
이 무슨 짓을 저질렀는지는 생각해 보지도 않고, 그 사람
이 받은 벌만 따지고 들려 하지. 모든 걸 원만하게 처리하
려면, 이번에 왕자를 갑자기 보내는 것이 신중한 고려 끝
에 나온 결정으로 보여야 하오. 중병은 극약 처방이 아니
면 고칠 수가 없소.

로젠크란츠 등장.

왕   그래, 어찌 되었는가?

로젠크란츠   전하, 시체를 어디다 두었는지 알아내지 못했습니다.

왕　왕자는 어디 있지?

로젠크란츠　밖에 있습니다. 감시를 붙여 두었고, 분부를 기다리는 중입니다.

왕　데려오게.

로젠크란츠　여보게, 길든스턴. 왕자님을 모셔 오게.

햄릿과 길든스턴 등장.

왕　햄릿, 폴로니어스는 어딨느냐?

햄릿　식사 중입니다.

왕　식사 중이라니? 어디서?

햄릿　먹는 곳이 아니라, 먹히는 곳에서요. 약삭빠른 정치꾼 구더기들이 모여 그 노인네를 먹으며 잔치를 벌이는 중입니다. 먹는 일에서는 아무도 구더기를 넘볼 수 없죠. 우리는 우리를 살찌우기 위해 다른 동물들을 살찌우고, 구더기를 먹이기 위해 우리를 살찌웁니다. 살찐 왕과 여윈 거지는 요리의 종류에 지나지 않지요. 요리 접시는 둘이지만, 결국 한 상에 오릅니다. 그게 끝이죠.

왕　저런, 저런!

햄릿　왕을 먹은 구더기로 물고기를 낚고, 구더기를 먹은 물고기를 사람이 먹을 수도 있습니다.

왕 그게 무슨 뜻이냐?

햄릿 왕이 어떻게 거지 배 속에 행차할 수 있는지를 알려 드리려는 뜻밖에 없습니다.

왕 다시 묻겠다. 폴로니어스는 어디 있지?

햄릿 천국에 있습니다. 그리로 사람을 보내 찾아보시죠. 전하의 전령이 그곳에서 못 찾으면, 그 반대편에서 직접 찾아보시면 됩니다. 하지만 이달 안에 찾지 못하신다면, 궁의 복도로 가는 계단을 올라갈 때 그자의 냄새를 맡을 수 있으실 겁니다.

왕 (수행원들에게) 거기 가서 찾아보아라.

햄릿 갈 때까지 안 움직이고 있을 걸세. (수행원들 퇴장)

왕 햄릿, 네가 이번에 저지른 행동은 내 마음을 더없이 아프게 했다. 그리고 이 일로 해서 매우 염려가 되는 것은 네 안전이다. 네 안전을 위해서라도 너를 당장 보내야겠다. 떠날 준비를 해라. 배편은 이미 마련되어 있고, 바람도 순조롭다. 이미 친구들도 너를 기다리고 있다. 잉글랜드로 떠날 준비는 다 되어 있다.

햄릿 잉글랜드로요?

왕 그렇다, 햄릿.

햄릿 좋습니다.

왕 그래야지, 네가 나의 뜻을 조금이라도 안다면.

햄릿 그 뜻을 아는 천사 한 분을 제가 알지요. 하지만 가자, 잉글 랜드로! 안녕히 계십시오, 사랑하는 어머니.

왕 난 네 아버지다, 햄릿.

햄릿 어머니이기도 하죠. 아버지와 어머니는 부부이고, 부부는 한 몸이니, 내 어머니이기도 합니다. 자, 잉글랜드로 가자! (퇴장)

왕 바짝 뒤따르게. 햄릿을 오늘 밤에 보낼 테니 어서 가 보게. 잘 구슬러서 바로 배에 오르도록 해. 지체하지 말고. 그 밖에 임무와 관련된 건 모두 인장을 찍어서 확인해 주었으니 모든 준비가 끝났네. 부탁이니 서둘러 주게. (로젠크란츠와 길든스턴 퇴장)

그리고 잉글랜드 왕이여, 덴마크의 칼자국이 아직 당신에게 생생하여 내 힘이 어떤지 잘 알 것이다. 또한 당신 스스로 두려움을 느껴 나에게 충성을 바치고 있는 터이니, 당신이 나를 조금이라도 존중한다면 이 덴마크 왕의 명령을 소홀히 다루지는 않을 것이다.

내 명령은 친서에 상세히 적었듯 햄릿을 즉각 죽이라는 것이다. 명령대로 하라, 잉글랜드 왕이여. 그놈이 내 핏속에서 열병처럼 미쳐 날뛰니, 당신이 나를 치료해 주어야 한다. 명령이 수행된 걸 알 때까진 내게 아무리 좋은 일이 생겨도 기쁘지 않을 것이다. (퇴장)

〈4장〉

덴마크 국경 근처의 벌판.

포틴브라스가 군대를 이끌고 등장한다.

포틴브라스 부대장, 덴마크 왕에게 가서 인사드리게. 약속대로
　　　포틴브라스가 군대를 이끌고 덴마크 영토를 통과하는 걸
　　　허락해 주시길 바란다고 말씀드려. 나와 다시 만날 곳은
　　　알고 있겠지? 전하께서 나를 보기 원하시거든 내가 직접
　　　찾아뵙고 인사를 드리겠다고 전하게.

부대장 네, 그렇게 하겠습니다.

포틴브라스 부대는 조용히 행군하라. (포틴브라스와 군인들 퇴장)

햄릿, 로젠크란츠, 길든스턴 외 몇 명 등장.

햄릿 여보시오, 어느 나라 군대요?

부대장 노르웨이 군대요.

햄릿 무슨 일로 출정했소?

부대장 폴란드를 치러 가는 길이오.

햄릿 지휘관은 누구요?

부대장 노르웨이 국왕 전하의 조카 포틴브라스 왕자님이라오.

햄릿 폴란드 본토 출정이오, 아니면 어느 변방 출정이오?

부대장 솔직히 말하자면, 실익은 없고 명목뿐인 조그만 땅 한 조각을 얻으러 가는 길이오. 소작료가 다섯 냥밖에 안 된다고 해도, 난 그 땅에서 농사를 짓지 않을 거요. 팔겠다 해도 노르웨이나 폴란드나 그 이상의 값을 받지는 못할 겁니다.

햄릿 그럼 폴란드 왕도 그걸 굳이 지키려 하지 않겠구려.

부대장 아니오, 벌써 수비대가 배치되어 있소.

햄릿 이 문제는 이천 명의 목숨과 이만 냥의 돈을 들여도 해결되지 않을 거요. 사치와 안일이 키운 종양이 안에서 곪아 터져 사람이 죽어 가는 판인데도, 겉으로는 증세가 나타나지 않아 왜 죽어 가는지 원인을 알 수 없는 경우지. 고맙소.

부대장 안녕히 가시오. (퇴장)

로젠크란츠 가실까요, 왕자님?

햄릿 곧 따라갈 테니 먼저 가게. (햄릿만 남기고 모두 퇴장) 모든 일이 하나같이 내 잘못을 고발하고 무뎌진 내 복수심에 채찍질을 하는구나. 사람이란 무엇인가? 시간을 들여 하는 일이 고작 먹고 자는 것뿐이라면 짐승이지, 그 이상은 아냐. 우리 인간을 만들 때 앞뒤를 볼 줄 아는 넓은 이성을 주신 분이 그 신과 같은 이성을 우리가 쓰지 않아 곰팡이나 피게 하라고 주신 건 아니겠지.

그런데 이건 내가 짐승처럼 잘 잊어서일까, 아니면 겁이 많아 망설이면서 결과를 너무 꼼꼼하게 따져 보기 때문일까? 그런 생각을 넷이라고 보면 하나만 지혜에서 오고, 셋은 비겁한 데서 오는 걸 거야. 나는 왜 아직도 허구한 날 '이건 해야 하는 일이야.' 하고 되뇌면서 살고 있는 거지? 그 일을 실천할 수 있는 명분과 의지, 힘과 수단이 있으면서도 말이야.

내가 딛고 선 땅만큼이나 명백한 사례들이 나를 훈계하고 있어. 엄청난 경비를 들인 저 대규모 군대를 좀 봐. 그 군대를 곱게 자란 여린 왕자가 이끌고 있어. 고결한 포부가 가득 찬 패기로 알 길 없는 결과 따위에는 코웃음을 치면서, 달걀 껍데기같이 하찮은 것을 얻기 위해 언제 빼앗길지 모를 목숨을 온갖 운과 죽음과 위험에 내맡기고 있잖아.

진정 위대한 것은 큰 명분이 있기 전에는 나서지 않는 것이 아니라, 명예가 걸려 있을 때는 지푸라기 하나를 위해서라도 당당히 싸우는 것이지. 그런데 나는 지금 어쩌고 있지? 아버지가 살해되고, 어머니는 더럽혀져 내 이성과 피가 온통 끓고 있는데도 그걸 다 잠재워 두고 있다? 그러면서도 눈앞에 닥친 이만 병사의 죽음을 그냥 지켜보고 있으니 부끄럽기 짝이 없는 일이지.

이들은 명성이라는 헛된 환상에 이끌려 잠자리에 들 듯 무덤을 향해 가고 있어. 그만한 숫자가 들어서서 다투기에도 좁은 땅, 죽은 자들을 묻어 줄 무덤으로도 충분치 않은 고작 한 뙈기 땅을 놓고 싸우지 않는가? 아, 지금 이 순간부터는 내 생각에도 피를 묻혀야 해. 그렇지 않으면 아무런 쓸모가 없어! (퇴장)

〈5장〉

성 안의 방.
왕비와 호레이쇼 등장.

왕비 난 그 아이를 만나지 않겠네.

호레이쇼 자꾸 졸라 댑니다. 완전히 실성을 해서 측은하기 짝이 없습니다.

왕비 왜 나를 만나려는 거지?

호레이쇼 제 아버지 이야기를 많이 합니다. 세상에 못된 일이 많다는 말을 들었다는군요. 헛기침을 하고 가슴을 치는가 하면, 아무것도 아닌 일에도 화를 내고, 무슨 소린지도 모를 말을 뇌까립니다. 아무런 뜻도 없는 말을요. 종잡을 수 없긴 하나, 들어 보면 뭔가 짐작할 수 있는 내용이 없진 않습니다. 하는 말을 주워 모아 엮어 보면 짐작이 갑니다.

아가씨의 눈짓이라든가 고갯짓, 몸짓 같은 것을 보아도 알
수 있지만 그 말들을 들어 보면 큰 불행을 이야기하고 있
는 듯합니다. 만나서 말씀을 나눠 보시는 게 좋을 것 같습
니다. 아가씨의 저런 행태가 심보 나쁜 사람들에게 위험한
억측을 불러일으킬 수 있지 않을까 걱정이 됩니다.

왕비 그 아이를 데려오게. (호레이쇼 퇴장) 죄라는 게 원래 그런
거지만, 병들어 버린 내 마음에는 사소한 것 하나하나가
재앙의 시초로 보이는구나. 죄지은 마음은 억누를 수 없는
의심으로 꽉 차서 감추려고 하면 오히려 드러나고 말지.

호레이쇼, 실성한 오필리아와 함께 등장한다.

오필리아 아름다운 우리 덴마크 왕비님, 어디 계세요?
왕비 오필리아, 잘 있었니?
오필리아 (노래한다.)

우리 임과 다른 이
어떻게 구별하냐고요?
순례자 모자와 지팡이
그리고 신발로 알지요.

왕비 저런, 우리 착한 아가씨, 그건 무슨 노래지?

오필리아 아니, 더 들어 보세요.

그이는 죽었어요, 아씨.
그이는 죽었어요.
머리엔 푸른 잔디
발치엔 비석 하나.

왕비 아니, 오필리아……

오필리아 제발 계속 들어 보세요.

동산의 흰 눈처럼 수의는 새하얗고

왕 등장.

왕비 아이고, 여기 좀 보세요.

오필리아 (노래한다.)

어여쁜 꽃들에 가득 덮여
눈물 속에 무덤으로 가셨어요.
사랑의 작별 인사 무수히 받으며.

왕　예쁜 아가씨, 안녕하신가?

오필리아　글쎄요, 고맙습니다. 사람들 말이 부엉이는 빵장수 딸이었다고 하더군요. 전하, 오늘의 우리는 알지만 내일은 어찌 될지 모릅니다. 식탁에 하느님께서 함께하시기를!

왕　죽은 아비 때문에 저런 게로군.

오필리아　제발 그 이야긴 하지 말아 주세요. 하지만 사람들이 그게 무슨 뜻이냐고 물으면 이렇게 말하세요.

　　내일은 밸런타인 축일
　　아침에 서둘러 일어나
　　당신 창 아래로 달려가
　　당신의 애인이 될래요.
　　당신은 일어나 옷 입고
　　방문을 열어 주겠지요.
　　방 안에 들어간 처녀는
　　처녀로 나오진 못해요.

왕　아니, 예쁜 오필리아야!

오필리아　아, 이제 상스러운 말은 빼고, 마무리를 할게요.

　　예수님과 성자님 앞에 두고

슬프고 창피한 일이랍니다.

젊은 남자들은 항상 그래요.

남자들 잘못이 정말 크지요.

여자를 침대에 눕히기 전엔

결혼을 하겠다 약속하고선

함께 침대에 들지 않았다면

맹세코 결혼하려 했다는군요.

왕 저 애가 언제부터 저리되었소?

오필리아 일이 다 잘되길 바랄게요. 사람은 참을성이 있어야죠. 하지만 전 눈물을 참을 수 없네요. 그분을 차디찬 땅속에 묻는다 생각하면요. 오빠가 알게 될 거예요. 좋은 충고 주신 것 감사드려요. 자, 가자. 마차야! 안녕히 주무세요, 숙녀 여러분. 안녕히, 마음씨 좋으신 숙녀분들, 안녕히. 안녕히 주무세요. (퇴장)

왕 (호레이쇼에게) 저 아이를 바짝 따라가게. 잘 지켜봐 줘. 부탁하네. (호레이쇼 퇴장) 아, 슬픔이 너무 깊어 독이 되었구나. 이게 다 제 아비의 죽음 때문이겠지. 이보오, 거트루드. 슬픈 일이 닥칠 때는 혼자 오는 법이 없소. 한꺼번에 몰려오지. 처음엔 그 애 아비가 죽임을 당했지 않소? 그러곤 당신 아들이 떠났지. 난폭한 짓을 저질러 당연한 추방을 자초했지만 말이오. 폴로니어스의 죽음을 두고 백성들이 의혹과 불신에 가득 차서 온갖 억측을 수군거리고 있는데, 내가 쉬쉬해 가며 서둘러 묻어 버린 건 어리석은 일이었소.

오필리아는 온전한 정신과 올바른 판단력을 잃었으니 딱하게 되었지. 사람이 판단력을 잃으면 겉만 사람이지, 짐승이 아니겠소? 그리고 다른 일 못지않게 중요한 문제인데, 이 아이의 오빠가 은밀히 프랑스에서 돌아왔소. 제 아버지의 죽음에 대해 의심을 품고 있으면서도 아직 속마음을 드러내지 않고 있지.

하지만 그 아이의 귀에 위험한 말을 쏟아부을 사람들이 어디 한둘이겠소? 알려진 사실이 많지 않으니 그자들은 필요하면 이 사람 저 사람 귀에 대고 주저 없이 나를 비난해 댈 것이오. 거트루드, 마치 폭탄 파편들이 나를 아주 너덜너덜하게 만들어 놓고 있는 것만 같소. (소란스러운 소리가 들린다.)

왕비 아니, 저게 무슨 소리죠?

왕 근위병들은 어디 있는가? 문을 지키라고 해라.

전령 등장.

왕 무슨 일이냐!

전령　전하, 몸을 피하십시오. 폭동에 앞장선 레어티즈가 해안을 덮쳐 육지를 삼키는 파도보다 더 맹렬한 속도로 전하의 병사들을 제압하고 있습니다. 폭도들은 그자를 왕이라 부르면서 세상이 새로 시작되기라도 한 듯, 나라 질서의 바탕이 되는 전통도 관습도 다 내팽개치고 이렇게 외치고 있습니다.

　　　'왕으로 보냅시다! 레어티즈를 왕으로!' 다들 모자를 내던지고, 손을 흔들면서 하늘에 대고 소리를 지르고 있습니다. '레어티즈를 왕으로, 왕은 레어티즈다.'라고 말입니다.

왕비　냄새를 잘못 맡고 와서 맹렬히 짖어 대는구나. 잘못 짚었다, 이 엉터리 덴마크 사냥개들아. (안에서 소란스러운 소리가 들린다.)

왕　문이 부서졌다.

레어티즈와 추종자들이 등장한다.

레어티즈　왕은 어디 있느냐? 여러분, 밖에서 기다려 주시오.

추종자들　아니오, 우리도 들어가겠소.

레어티즈　제발, 이 일은 내게 맡겨 주시오.

추종자들　뜻이 정 그렇다면 알겠소. (추종자들, 문밖으로 물러난다.)

레어티즈　고맙소. 문을 지켜 주시오. (왕을 향해) 당신, 이 비열한 왕!

내 아버지를 내놓아라.

왕비 진정해라, 레어티즈.

레어티즈 내게 진정할 수 있는 피 한 방울만 있어도, 그 피는 내가 내 아버지의 자식이 아니라 할 것이다! 내 아버지는 오쟁이 진 남편이라 소리칠 것이며, 내 어머니의 순결한 이마에 창녀라는 낙인을 찍을 것이다.

왕 레어티즈, 네가 이처럼 엄청난 반란을 도모하는 이유가 무엇이냐? (왕비를 향해) 놓아 두시오, 거트루드. 내 걱정은 할 것 없소. 신이 왕을 보호해 주니 역적이 기회를 엿볼 수는 있어도 뜻을 이루진 못하오. (레어티즈를 향해) 말해 보아라, 레어티즈. 그처럼 화가 난 이유가 무엇이냐? (왕비를 향해) 놓아줘요, 거트루드. (레어티즈를 향해) 레어티즈, 말해 보라니까.

레어티즈 내 아버지는 어디 있나?

왕 죽었다.

왕비 전하 탓이 아니야.

왕 하고 싶은 말 다 하도록 두시오.

레어티즈 어떻게 돌아가셨지? 속일 생각 마라. 충성심? 지옥에나 가라고 해! 신하의 맹세? 그따윈 악마 중에서도 제일 흉악한 놈하고 하겠다! 양심과 은총? 그따위도 지옥 구덩이 중에서 제일 깊은 구덩이에다 처박아 버릴 테다! 난 저주가 두렵지 않아. 이 점을 분명히 해 두겠다. 나는 천당을 가든 지옥을 가든 상관없어. 다만 무슨 일이 있어도 아버지의 복수만은 한이 남지 않도록 반드시 하겠다.

왕 그걸 누가 막겠느냐?

레어티즈 내 뜻은 온 세상이 나서도 막지 못한다. 내 힘이 충분치 않더라도 어떻게든 뜻을 이루고 말 것이다.

왕 레어티즈, 아버지 죽음에 대한 진상을 알고 싶다면서, 복수심 때문에 친구와 적, 승자와 패자를 가리지 않고 칼을 빼들 작정이냐?

레어티즈 내 상대는 적들뿐이다.

왕 누가 적인지 알고 싶으냐?

레어티즈 친구는 팔을 벌려 맞아들이고, 제 피를 먹여 새끼를 살린다는 펠리컨처럼 내 피를 바치겠다.

왕 그래, 이제야 네가 훌륭한 자식처럼, 제대로 된 신사처럼 말하는구나. 난 네 아버지 죽음과 무관할 뿐 아니라, 그 일로 몹시 마음 아파하고 있다. 그 사실은 너도 곧 분명하게 알게 될 것이다. (무대 밖에서 소란스러운 소리가 들린다.)

추종자들 (무대 밖에서) 아가씨를 들여보내라!

레어티즈 뭐야, 저게 무슨 소리야?

오필리아, 손에 꽃을 들고 노래를 부르며 등장한다.

레어티즈 아, 분노의 열기야, 내 뇌까지 말려 버려라! 소금보다 일곱 배나 짠 눈물아, 내 눈의 시력을 태워 버려 다오! 오필리아, 네가 미쳐 버린 것, 맹세코 저울대가 기울 만큼 무겁게 그 값을 치르게 하겠다. 아, 오월의 장미야! 귀여운 아가씨, 다정한 누이, 사랑스러운 오필리아! 아, 이럴 수가! 젊은 처녀의 정신도 늙은이 목숨처럼 시들어 죽어 버릴 수 있는 것이었나? 사람의 정은 사랑할 때 빛나고, 정이 빛날 때 자신의 소중한 것을 사랑하는 이에게 바친다더니.

오필리아 (노래한다.)

얼굴도 가리지 않고 관에 실어 갔어요.
헤이 논 노니 노니, 헤이 노니!
무덤에 눈물이 비처럼 쏟아졌어요.

안녕히 가세요, 내 사랑!

레어티즈 네가 멀쩡한 정신으로 복수를 해 달라고 했어도, 이보다 더 절절하게 마음을 움직이진 못했을 거야.

오필리아 여러분도 함께 불러야 해요. 다 같이 그이에게 '어, 다운, 어.'라고 해 주세요. 아, 정말 이 후렴이 잘 어울려요! 주인의 딸을 훔쳐 간 건 못된 부하였거든요.

레어티즈 뜻도 없는 말에 더 깊은 뜻이 있어 보이는구나.

오필리아 (레어티즈에게) 이건 로즈메리예요. 잊지 말라는 뜻이지요. 제발 잊지 말아 주세요. 그리고 이건 팬지, 생각해 달란 뜻이고요.

레어티즈 제정신이 아닌데도 그런 걸 가르쳐 주는 건가. 그래, 생각과 기억은 같이 가는 거지.

오필리아 회향꽃을 드릴게요. 그리고 매발톱꽃도요. 당신에겐 운향꽃을 드리죠. 이건 나도 좀 갖고요. 일요일엔 은혜초라고 불러도 돼요. 아, 왕비님은 운향꽃을 좀 다르게 꽂으셔야겠네요. 데이지도 있어요. 당신에겐 제비꽃을 좀 드리고 싶은데 아버지가 돌아가시자 다 시들어 버렸네요.[1] 사람들 말이 아버지는 끝이 좋으셨다고 해요. (노래한다.)

예쁜 로빈이 내 모든 기쁨이니까요.

레어티즈 슬픔과 번민, 고통과 지옥까지도 저 아이는 매력적인 것, 기분 좋은 것으로 바꿔 놓는구나.

오필리아 (노래한다.)

---

[1] **회향꽃~제비꽃** 회향꽃은 아첨, 매발톱꽃은 불륜과 배신, 운향꽃은 참회, 데이지는 실연, 제비꽃은 정절을 뜻한다. 꽃을 통해 왕비와 왕, 그리고 오필리아 자신을 상징적으로 표현하고 있다.

다시 아니 오시려나?

다시 아니 오시려나?

아니, 아냐, 가셨으니

무덤 찾아 가셨으니

다시 아니 오시리라.

그분 수염 백설 같고

그분 머리는 아마 빛깔

영영 가고 안 계시니

한탄한들 부질없네.

명복이나 빌어 주오.

여러분 모두의 영혼에도 하느님이 함께하시길 빌게요. 안
녕히 계세요. (퇴장)

레어티즈 아, 하느님! 보고 계십니까?

왕 레어티즈, 나도 네 슬픔을 함께하고 싶구나. 그걸 거절하
진 않겠지. 이제 물러가서 네 친구들 가운데 제일 똑똑한
친구들을 골라 그들더러 너와 나의 말을 듣고 판단해 보게
하여라. 그 친구들이 내가 조금이라도 이 일에 관여한 사
실을 알아내면, 그 보상으로 내가 이 나라와 이 왕관, 내 생
명, 그리고 그 밖에 내가 가진 모든 것을 너에게 주겠다. 하
지만 아닐 경우, 인내심을 갖고 일의 처리를 내게 맡겨야

한다. 그러면 내가 너와 힘을 합쳐 네가 충분히 만족할 수 있도록 일을 처리하겠다.

레어티즈 좋습니다. 하지만 아버지가 돌아가신 경위와 몰래 치른 초라한 장례에 대해 분명히 밝혀 주십시오. 유골과 함께 모실 유품도, 칼도, 묘석도 없었습니다. 품위를 갖춘 의식도, 공식적인 의례도 없었던 장례였지요. 이 모든 게 억울하다고 하늘과 땅에 소리치고 있으니, 저는 이걸 반드시 문제 삼겠습니다.

왕 그렇게 해라. 그래서 죄 있는 곳에는 철퇴를 내려야지. 자, 나와 같이 가자. (모두 퇴장)

〈6장〉

성 안의 방.

호레이쇼와 하인 등장.

호레이쇼 나를 보겠다는 사람들이 누군가?

하인 선원들입니다. 전해 드릴 편지가 있다는군요.

호레이쇼 이리 들여보내. (하인 퇴장) 어디에서 누가 보낸 편지란 말인가? 내게 편지를 보낼 사람이 없는데. 햄릿 왕자님 말고는.

선원들 등장.

선원1 안녕하십니까?

호레이쇼 안녕하시오?

선원1 호레이쇼 님이 맞으시죠, 그렇게 알고 있습니다만. 전해 드릴 편지가 있습니다. 잉글랜드로 가던 사신이 보낸 겁니다.

호레이쇼 (편지를 읽는다.)

> 호레이쇼, 이 편지를 보게 되거든 이 친구들이 왕을 만날 수 있도록 주선해 주게. 왕에게 전할 편지를 가지고 있다네. 우리는 바다로 나간 지 이틀도 안 되어 무장한 해적선의 공격을 받았어. 우리 배의 속력이 너무 느려 하는 수 없이 용기를 내어 싸우지 않을 수 없었지. 나는 싸우던 중에 해적들의 배에 오르게 되었네.
>
> 그러다 그만 해적선이 우리 배와 떨어져 혼자만 포로가 되고 말았지. 해적들은 잘 대해 주었네. 자기들에게도 계산이 있었겠지. 이번에는 내가 그들에게 보답해야 할 차례야. 내가 보낸 편지가 왕에게 전달되도록 해 주게.
>
> 그리고 자넨 저승사자에게서 달아나듯 부리나케 나에게 달

려와 주게. 자네에게 들려줄 이야기가 있는데, 그걸 듣고 나면 당장에 말문이 막힐 걸세. 하지만 이 일을 글로는 제대로 전달하기가 어려워. 이 친구들이 자네를 내가 있는 곳으로 데려다줄 걸세. 로젠크란츠와 길든스턴은 잉글랜드로 가고 있어. 그들에 대해선 할 말이 많아. 잘 있게.

—자네의 친구, 햄릿.

따라오시오. 이 편지를 전할 방법을 가르쳐 줄 테니. 되도록 빨리 전달하도록 하시오. 당신들이 편지를 받아 온 그분에게 나를 데려가야 하니까. (모두 퇴장)

〈7장〉

성 안의 방.
왕과 레어티즈 등장.

왕 너도 이제 내 결백을 인정하고, 진심으로 나를 네 편으로 받아들여야 할 것이다. 네 아버지를 살해한 놈이 내 목숨까지 노렸다는 사실을 네 귀로도 똑똑히 들었으니까.

레어티즈 그런 것 같습니다. 그런데 전하께서는 왜 그런 악행에 아무런 조처를 취하지 않으셨는지요? 죄질이 극악하니 사형감이 아닙니까? 전하의 안전을 비롯해 다른 모든 점을 고려해 보더라도 대단히 분노하셨을 만한데요.

왕 아, 거기엔 두 가지 특별한 이유가 있다. 너에겐 대수롭지 않게 보일지 몰라도 나에겐 중요한 이유지. 그 아이 어머니인 왕비가 아들만 보고 살아간다. 그리고 복인지 재앙인지 모르겠다만, 왕비는 나하고 생명과 영혼이 하나로 맺어진 존재야. 그래서 별이 궤도를 벗어나면 움직이지 못하듯 나도 왕비 없인 못 산다.

또 한 가지, 내가 이 문제를 공개 재판으로 가져가지 못한 이유는 그 아이가 백성들에게 큰 사랑을 받고 있기 때문이다. 백성들은 그 아이의 허물은 죄다 사랑으로 감싸고, 나무를 돌로 바꾼다는 샘물처럼 그 아이의 악덕조차 미덕으로 바꾸어 버리지. 그러니 내가 설사 화살을 쏘았다 해도, 대중의 거센 바람을 뚫지 못해 과녁까지 제대로 날아가지 못하고 다시 나에게 돌아오고 말았을 것이다.

레어티즈 그래서 저는 아버지를 잃고, 누이는 절망적인 상황으로 내몰리게 된 거로군요. 이제 와서 말해 봐야 부질없는 일이지만, 제 동생 오필리아는 이 세상 누구에게도 비길 수 없을 만큼 어디 하나 부족한 데가 없는 아이였습니다. 반드시 복수를 할 겁니다.

왕　그 때문에 잠까지 설치진 마라. 나를 쉽게 봐선 안 된다. 누가 내 수염을 함부로 잡아당기면서 모욕하는 걸 장난이라 여길 만큼 만만하고 둔한 사람이 아니다. 너도 곧 알게 될 것이다. 난 네 아버지를 아꼈고, 나 자신 역시 아끼고 있다. 그러니 네가 그 점을 깨닫고…….

전령 등장.

왕　웬일이냐! 무슨 소식인가?

전령　전하! 햄릿 왕자에게서 편지가 왔습니다. 이건 전하 앞으로 온 것이고, 이건 왕비님 앞으로 온 것입니다.

왕　햄릿이 보낸 거라고? 그걸 누가 가져왔느냐?

전령　선원들이라 합니다, 전하. 직접 만나 보진 못했습니다. 편지를 클로디오에게서 전해 받았는데, 조금 전에 선원이 다녀갔다고 합니다.

왕　레어티즈, 읽을 테니 들어 보아라. (전령에게) 물러가게. (전령이 퇴장한 뒤 편지를 읽는다.)

　　지고하신 전하, 제가 맨몸으로 전하의 왕국에 상륙했음을 알려 드립니다. 내일 전하를 뵐 수 있도록 허락해 주시기 바랍니다. 먼저 이 일에 대한 용서를 구하고, 제가 왜 이처럼 갑자기, 그리고 기이하게 돌아오게 되었는지 그 이유를 상세히 말씀드리겠습니다.

— 햄릿.

이게 무슨 말이지? 다른 일행도 돌아왔단 말인가? 무슨 속임수가 아닐까?

레어티즈 글씨를 알아보시겠습니까?

왕 햄릿 글씨가 맞아. 맨몸이라! 그리고 여기 덧붙인 말, 혼자 왔다고? 네 생각은 어떠냐?

레어티즈 저도 무슨 소린지 도무지 모르겠군요, 전하. 아무튼 오라 하십시오. 놈에게 대놓고 '네놈 짓이었지.'라고 다그칠 생각을 하니 가슴에 맺힌 게 조금이나마 풀리는 듯합니다.

왕 레어티즈, 믿기도 어렵고 믿지 않기도 어렵다만, 이게 사실이라면 내 말대로 하겠느냐?

레어티즈 예, 전하. 놈과 평화 관계를 맺으라고만 하지 않으신다면요.

왕 네 마음에 평화를 주려는 것이다. 햄릿이 항해를 중단하고 돌아와 다시 떠날 생각이 없다면, 내가 생각해 왔던 계책을 녀석에게 써 보겠다. 그 계책이면 꼼짝없이 당하고 말 것이다. 녀석이 죽게 되더라도 누가 누구를 탓하는 소문 같은 게 떠돌지 않을 것이고. 제 어머니도 이 일을 의심하지 않고 우연한 사고라 여길 것이다.

레어티즈 전하, 분부하시는 대로 따르겠습니다. 전하의 계획에 제가 도구가 될 수 있다면 얼마든지요.

왕 좋다. 네가 여행을 떠난 뒤로 사람들이 너에 대한 말을 많이 했다. 햄릿이 듣는 자리에서 말이다. 사람들 말이, 너에게 대단히 빛나는 재능이 있다고 했다. 햄릿이 유독 그 재능에 시기심을 보였다. 너의 다른 재능을 다 합쳐도 그만한 시기심을 불러일으키지는 못할 것이다. 내가 보기엔 너에게는 가장 아랫자리에 있는 재능인데 말이지.

레어티즈 무슨 재능 말씀이십니까, 전하?

왕 젊은이들이 모자에 두르는 띠 장식 같은 재능이지. 때로는 필요하기도 해. 노인에게는 건강하고 점잖아 뵈는 정장이 어울린다면, 젊은이에게는 가볍고 자유로운 차림이 어울릴 테니까. 두 달 전에 프랑스 노르망디 출신의 신사 한 사람이 왔었다. 나도 직접 만나 겨뤄 보기도 했지. 그자들은 말을 썩 잘 타더군. 특히 그 사내의 솜씨는 혀를 내두를 만했다. 안장에 찰싹 달라붙어 말과 한 몸이 된 채 별별 묘기를 다 부렸다. 상상을 뛰어넘는 묘기들이라서 내가 어떤 말로 표현을 해도 그자의 솜씨를 제대로 설명할 수가 없어.

레어티즈 노르망디 사람이라 하셨죠?

왕 그래, 노르망디 사람이었어.

레어티즈 라몽이 틀림없습니다.

왕 맞아, 그 사람이야.

레어티즈 그 사람이라면 제가 잘 압니다. 온 프랑스가 자랑하는 보석 같은 존재죠.

왕 그자가 너를 잘 안다면서 네 검술 실력을 아주 높이 평가했다. 특히 세검을 아주 잘 다룬다고. 누가 너와 상대할 수 있다면, 대단한 구경거리가 될 거라고도 했다. 자기 나라 유명 검객들도 너와 맞서면 동작이나 방어술에서 상대가 안 되는 것은 물론이고, 눈을 어디에 두어야 할지도 모를 거라고 단언하더군.

이런 찬사를 듣고서 햄릿이 시기심으로 독이 바짝 올라 아무 일도 못 하고 그저 네가 어서 오기만을 기다렸다. 너하고 한판 붙으려고 말이야. 자, 그러니 이걸 이용해서…….

레어티즈 이걸 이용해서 무엇을요, 전하?

왕 레어티즈, 네 아버지는 너에게 진정 소중한 사람이었더냐? 아니면 그냥 겉으로만 슬픈 척하고 있는 것이냐? 마음은 없고 얼굴만으로 말이다.

레어티즈 왜 그런 식으로 물으시는 겁니까?

왕 네가 아버지를 사랑하지 않았다고 생각해서 물은 게 아니다. 사랑이란 우연한 계기로 시작된다는 걸 알기 때문이다. 시간이 지나면 사랑을 틔운 불꽃도, 뜨거운 사랑의 불길도 결국 줄어들 수밖에 없다. 나는 경험을 통해 잘 알고 있지.

사랑의 불길 안에는 그것을 잦아들게 하는 심지나 검댕이 들어 있어. 모든 게 늘 똑같이 좋은 상태에 머물러 있을 수 있는 것은 아니야. 좋은 것도 정도가 지나치면 그 지나침 때문에 좋은 점이 사라지니까. 그러니 하고 싶은 일이 있을 때는 그 마음이 있을 때 바로 해야 해. 하고자 하는 마음은 누가 헐뜯거나 방해하거나 뜻밖의 사고가 있거나 할 때마다 변하고, 줄어들고, 미뤄지기 마련이니까. 또 뭘 해야 한다는 생각 자체가 푸념하는 것이나 마찬가지여서 쏟아 내면 후련할지 모르지만 결국 몸을 상하게 해.

아무튼 종양의 뿌리 같은 우리 문제의 핵심으로 돌아가자면……. 햄릿이 곧 돌아온다고 하니까, 네가 말 아닌 행동으로 아버지의 아들임을 보여 주자면 뭘 하겠느냐?

레어티즈 놈의 목을 베어 버릴 겁니다, 교회 안이라고 해도.

왕 그래, 교회라 해서 녀석의 살인죄를 보호해 줘선 안 되지. 복수가 장소의 제한을 받아서는 안 되고말고. 하지만 레어티즈, 이렇게 하거라. 넌 일단 방에 들어박혀 있는 게 좋겠다. 햄릿이 돌아오면 네가 귀국했다는 걸 알리마. 내가 사람을 시켜 네 실력을 치켜세우는 소문을 내겠다. 그 프랑스 사람이 올려 준 네 명성을 배로 빛나게 할 작정이다.

그러곤 너희 둘을 맞붙게 하고, 내가 거기에 내기를 걸겠다. 햄릿 녀석은 느긋한 성격인 데다 성품이 대범하고, 술수라는 건 모르는 녀석이라 칼을 자세히 살피지 않을 것이다. 그래서 어렵잖게, 아니면 약간 손을 써서, 네가 끝을 무디게 하지 않은 칼을 골라잡아 녀석이 방심하고 있을 때 찌르면 네 아버지 원수를 갚을 수 있다.

레어티즈 그렇게 하겠습니다. 일을 더욱 확실히 하기 위해 제 칼에 독을 바르겠습니다. 어떤 떠돌이 의사에게서 제가 약을 하나 샀는데, 이게 아주 치명적이어서 그 약물에 담근 칼로 피를 내게 되면 곧바로 목숨을 잃게 됩니다. 그 칼에 슬쩍 긁히기만 해도 말입니다. 달밤에 캔 효험 좋은 약초들로 제아무리 진귀한 약을 만든다 하더라도 생명을 구할 수 없습니다. 그 독을 제 칼끝에 발라 놓겠습니다. 스치기만 해도 죽을 겁니다.

왕 그 문제는 좀 더 생각해 보자. 언제 어떻게 하는 것이 좋을지 잘 따져 보자. 일에 실패하거나 어설프게 시도하다 계략이 들통날 것 같으면 아예 시작하지 않는 편이 좋아. 계획이 잘못될 경우에 대비해서 두 번째 대책도 필요하다. 가만, 어디 보자. 내가 너희 두 사람의 결투에 정식으로 내기를 걸겠다. 맞아, 그러면 되겠어! 몸을 격하게 움직이다 보면 덥고 목이 마를 것이다. 그러려면 네가 더 열심히 싸워 주어야겠지. 어쨌든 녀석이 마실 것을 찾으면, 그때 미리 준비해 둔 술잔을 내주겠다. 그걸 조금이라도 마시면, 네 독 묻은 칼을 운 좋게 피한다 하더라도 우리 목적은 달성될 것이다. 그런데 가만, 웬 소란이지?

왕비 등장.

왕 무슨 일이요, 왕비!

왕비 숨 돌릴 새도 없이 재앙이 끊이지 않는구나. 네 누이가 물에 빠졌단다, 레어티즈.

레어티즈 물에 빠져요? 대체 어디서요?

왕비 시냇가에 버드나무 한 그루가 비스듬히 자라서, 나뭇잎이 맑은 물에 거울처럼 비치는 곳이란다. 네 누이가 예쁜 화환을 만들어 들고 그곳으로 갔다는구나. 미나리아재비, 쐐기풀, 데이지, 또 입이 건 목동들이 저속한 이름으로 부르지만 정숙한 처녀들은 '죽은 사람 손가락'이라 부르는 야생 난을 엮은 화환을 가지고 말이다.
들꽃으로 엮어 만든 이 화환을 늘어진 가지에 걸려고 나무에 올라간 듯해. 그러다가 잔가지 하나가 부러지면서 화환이랑 그 아이가 시냇물로 떨어지고 말았다는구나.
옷이 활짝 펼쳐지면서 그 애가 잠시 인어처럼 물 위에 떠올랐는데, 그동안에 찬송가 몇 구절을 불렀다고 하더라. 자기에게 닥친 위험도 못 깨닫는 사람처럼, 마치 물에서 태어나 물에 길들여진 생명체처럼 말이다. 하지만 그것도 잠시, 물이 배어들어 무거워진 옷이 아름다운 노랫가락을 읊고 있던 가엾은 그 아이를 그만 진흙 바닥에 가라앉혀 죽이고 말았다고 한다.

레어티즈 그럴 수가! 그럼 죽었단 말인가요?

왕비 물에 빠져 죽었다고 한다, 가엾게도.

레어티즈 불쌍한 오필리아, 물이라면 이제 신물이 날 테니 내 눈물은 참겠다. 하지만 사람의 정이란 게 어쩔 수 없어 마음대로 되지 않는구나. 무슨 부끄러운 말을 들어도 할 수 없다. (운다.) 눈물이 다하면 이 나약함도 없어지겠지. 물러가겠습니다, 전하. 하고 싶은 말이 안에서 불같이 일지만, 당장은 이 바보 같은 눈물로 식히도록 하겠습니다. (퇴장)

왕 따라가 봅시다, 거트루드. 저 애의 울분을 진정시키느라 한참 애먹었소. 이 일로 다시 폭발할까 봐 걱정이오. 어서 따라가 봅시다. (모두 퇴장)

제 5 막

비극의 종말

〈1장〉

묘지.

무덤 일꾼 두 명이 삽을 들고 등장한다.

무덤 일꾼 1 이 여자를 기독교식으로 격식을 갖추어 묻어 준다
고? 저세상 가는 법을 제멋대로 정했는데도?

무덤 일꾼 2 그런다잖아. 그러니 어서 파기나 하라고. 검시관이
사인 조사를 해서 기독교식으로 매장할 수 있다고 했어.

무덤 일꾼 1 어떻게 그럴 수가 있나? 제 몸 지키려고 물에 뛰어든

자기 방어 행위도 아닌데.

무덤 일꾼 2 아니, 판정이 그렇게 났다니깐 그래.

무덤 일꾼 1 그럼 이 경우는 자기 공격 행위겠군. 딴건 될 수가 없어. 중요한 건 자기가 무엇을 하는지 알고서 물에 뛰어들었냐는 거야. 그랬다면, 그건 하나의 행위라고 할 수 있어. 행위에는 세 가지가 있지. 행한다, 한다, 수행한다. 따라서 이 여자는 자기가 무엇을 하는지 알고 물에 뛰어든 거야.

무덤 일꾼 2 아니, 그건 또 무슨 소리야? 이 삽질꾼 양반아.

무덤 일꾼 1 잠깐 들어 봐. 여기 물이 있다고 치고, 여기엔 사람이 서 있어. 이 사람이 물 있는 곳으로 가서 뛰어든다면, 그건 싫든 좋든 그 사람이 자기 발로 간 거지. 안 그러나? 하지만 물이 이쪽으로 와서 이 사람을 빠뜨린다면, 그건 스스로 뛰어든 게 아니야. 따라서 제 죽음에 책임이 없는 사람은 <u>스스로 목숨을 끊은 거</u>라고 할 수 없지.

무덤 일꾼 2 그런데 그게 법이야?

무덤 일꾼 1 물론이지. 그게 검시법이야.

무덤 일꾼 2 법이건 뭐건 이 여자가 귀족 집안 딸이 아니었으면 기독교 격식을 갖춘 매장은 어림도 없었을걸.

무덤 일꾼 1 옳거니, 이제야 맞는 말을 하는군. 그러고 보면 귀족들은 안됐어. 이 세상에선 귀족들이 물에 빠져 죽거나, 목매달아 죽는 특권을 백성들보다 더 많이 누리고 있으니 말이야. 자, 내 삽 주게. 땅이나 파자고. 내력이 오래된 귀족 치고 뜰 가꾸고, 도랑 치고, 무덤 파지 않은 사람이 없었네. 다 아담의 직업을 이어받았지.

무덤 일꾼 2 아담이 귀족이었어?

무덤 일꾼 1 귀족 표지 연장을 가진 사람으로는 맨 처음이었지.

무덤 일꾼 2 아니, 뭘 그런 걸 가졌으려고.

무덤 일꾼 1 자네, 기독교 신자 아닌가? 성경을 어떻게 읽고 있는 거야? 성경 말씀에 아담이 땅을 팠다고 하지 않나? 연장도 없이 어떻게 땅을 팠겠어? 그건 그렇고, 내가 자네에게 다른 거 하나 묻지. 제대로 대답 못 하면 각오해야 해.

무덤 일꾼 2 물어봐.

무덤 일꾼 1 석수, 조선공, 목수보다 더 튼튼한 걸 세우는 사람은 누굴까?

무덤 일꾼 2 그야 교수대 만드는 사람이지. 교수대는 천 명이 사용하고 나서도 끄떡없으니까.

무덤 일꾼 1 대답 한번 기발하군. 교수대, 좋은 답이야. 왜냐고? 나쁜 짓 하는 놈들에겐 교수대가 좋은 답이니 그렇지. 그런데 교수대가 교회보다 더 튼튼하다고 말하면 그건 나쁜 짓이야. 따라서 자네가 교수대에 오를 수도 있지. 자, 다시 맞혀 봐.

무덤 일꾼 2 석수, 조선공, 목수보다 더 튼튼한 걸 세우는 사람이 누구냐고?

무덤 일꾼 1 그래, 얼른 말하고 골치 아픈 짐 벗어 버려.

무덤 일꾼 2 아, 뭔지 알 것 같기도 하고.

무덤 일꾼 1 뭔데?

무덤 일꾼 2 제길, 모르겠어.

햄릿과 호레이쇼가 멀리서 등장한다.

무덤 일꾼 1 이제 골머리 그만 썩이게. 멍청한 나귀는 아무리 때려 봤자 빨리 걷지 않아. 이다음에 누가 묻거든, 무덤 일꾼이라고 대답해. 무덤 파는 사람이 짓는 집이야말로 최후 심판 날까지 가니까. 요한네 가게에 가서 술이나 한 통 받아 오게. (무덤 일꾼 2는 퇴장하고, 무덤 일꾼 1은 땅을 파면서 노래를 부른다.)

나도야 젊을 땐 사랑을 했지.
더없이 달콤한 사랑을 했어.
시간이 어떻게 가는지 몰랐어.
그보다 좋은 게 없는 것 같았지.

햄릿 저자는 자기가 무슨 일을 하고 있는지도 모르나? 무덤을 파면서 노래를 흥얼거리고 있으니 말이야.

호레이쇼 저런 일을 많이 하다 보니 무감각해졌나 봅니다.

햄릿 그렇겠군. 일을 적게 한 손이 더 예민한 법이지.

무덤 일꾼 1 (노래한다.)

하지만 슬며시 노년이 다가와

이 몸을 손아귀에 거머쥐고는

꽃 청춘 시절이 없었던 것처럼

이내 몸 땅속에 처넣어 버렸어.

(해골 하나를 들어 올린다.)

햄릿 저 해골에도 한때는 혀가 있어서 노래를 불렀겠지. 아니, 저런! 저자가 해골을 땅에다 내동댕이치는군. 저게 사람을 맨 처음 죽인 카인의 턱뼈라도 된단 말인가. 지금 저자가 만지작거리고 있는 건 어느 모사꾼의 골통일지도 모르겠군. 하느님까지 속여 먹으려고 했던 놈의 골통 말이야. 아닐까?

호레이쇼 그럴지도 모르죠, 왕자님.

햄릿 아니면 '밤새 안녕하시오, 경! 어찌 지내시오, 경.' 하던 어느 신하의 것일지도 모르겠고. 아니면 누구누구 경의 망아지를 칭찬하던 아무아무 대신일지도 모르지. 실제로는 탐이 나서 그런 거였지만. 아닐까?

호레이쇼 그럴 수도 있겠죠.

햄릿 그럴 거야. 그런데 이제 구더기 마님의 밥이 되어 볼따구
니가 없어진 채 무덤 일꾼 삽에 골통을 얻어맞고 있군그
래. 우리에게 눈썰미만 있다면, 인생무상의 오묘한 법칙
이 바로 여기에 있다는 걸 알아볼 수 있지. 결국 저 뼈다귀
들이 정성 들여 길러진 게 고작 던지기 놀이에 쓰이기 위
해서였단 말이지? 그렇다고 생각하니 내 뼈다귀까지 아파
오는군.

무덤 일꾼 1 (노래한다.)

> 곡괭이 한 자루, 삽 한 자루
> 거기에 더하여 수의 한 벌
> 귀하신 손님에 어울리게
> 구덩이 하나를 파자꾸나.

(해골을 또 하나 내던진다.)

햄릿 저기 또 하나 나왔군. 저건 변호사의 해골일 수도 있어. 그
렇다면 저자의 언변과 궤변, 소송 사건, 소유권과 변론술
은 다 어디 갔지? 저 무례한 자에게 더러운 삽으로 머리를
얻어맞고도 왜 당하고만 있는 거야? 폭행죄로 고소하지

않고?

흠, 저 친구는 살아 있을 때 땅을 엄청나게 사들인 자였을 지도 몰라. 담보 증명, 차용 증서, 양도 합의서, 이중 보증서, 거래 확인증 같은 문서가 숱했을 거야. 이제 그 잘난 머리통이 고운 흙으로 가득 찼으니, 저게 저자의 땅 거래가 거둔 최종 결과이고, 수익이란 말인가? 이자의 그 숱한 서류들이 보장해 줄 수 있는 게 고작 거래 계약서 가로세로 크기밖에 되지 않는 저거냐고. 저자의 땅문서들이 저 머리통 안에 다 들어가기 힘들 테니, 제아무리 땅 부자라도 머리통 말고는 더 가져서는 안 된다는 거겠지? 그렇잖나?

호레이쇼 조금도 더는 안 되죠, 왕자님.

햄릿 증서는 양가죽으로 만들지 않나?

호레이쇼 예, 송아지 가죽으로도 만들고요.

햄릿 그러니까 증서를 믿는 자들은 양이나 송아지처럼 얼간이 숙맥들이지. 저자에게 말 한번 걸어 볼까? (무덤 일꾼을 향해) 여보시오, 그건 누구의 무덤이오?

무덤 일꾼 1 내 것입니다요. (노래한다.)

귀하신 손님에 어울리게
구덩이 하나를 파자꾸나.

햄릿 정말 당신 것이 맞는 것 같소, 당신이 그 안에 있으니.

무덤 일꾼 1 댁은 밖에 있으니, 댁의 것은 아니지요. 나는 이 안에 눕진 않았지만 이건 내 것이 맞소.

햄릿 그 안에 있다고 해서 당신 거라고 하는 건 맞지 않지. 무덤 은 죽은 사람이 들어가는 곳이지, 산 사람이 들어가는 곳 은 아니잖소? 그러니 당신은 거짓말을 하고 있는 것이오.

무덤 일꾼 1 산 사람의 거짓말이라 할까요?

햄릿 어떤 사내의 무덤을 파는 거요?

무덤 일꾼 1 사내 무덤이 아닙니다.

햄릿 그럼 어떤 여자 무덤이오?

무덤 일꾼 1 여자 무덤도 아니고요.

햄릿 그럼 누굴 묻는단 말이오?

무덤 일꾼 1 여자였던 사람인데 이제 죽어 혼만 남았죠. 영혼이 여, 고이 잠드소서.

햄릿 (호레이쇼에게) 정말 깐깐하게 말하는 자로군. 제대로 말해 야지, 어정쩡하게 덤볐다간 당하겠는걸. 정말이지, 호레이 쇼. 지난 삼 년 사이에 알게 된 것이지만, 세상이 얼마나 세 련되게 변했는지 농사꾼의 발가락이 궁정 사람 뒤를 바짝 따라와서 발뒤꿈치를 밟을 지경이 되었어. (무덤 일꾼에게) 당신은 무덤 파는 일을 한 지 얼마나 됐소?

무덤 일꾼 1 그 많고 많은 날 중에 우연히도 돌아가신 햄릿 왕이 포틴브라스를 꺾은 날 이 일을 시작했소이다.

햄릿 그게 언제 적이란 말이요?

무덤 일꾼 1 그걸 모르시오? 바보라도 알겠소. 햄릿 왕자가 태어난 날 아니오? 미쳐서 잉글랜드로 쫓겨난 왕자 말이오.

햄릿 참, 그렇지. 왜 잉글랜드로 쫓겨났소?

무덤 일꾼 1 미쳐서죠. 거기 가면 제정신을 찾겠죠. 뭐, 회복이 안 되더라도 거기선 별문제 없어요.

햄릿 왜 그렇소?

무덤 일꾼 1 거기선 눈에 띄지 않을걸요. 거기 사람들은 다 왕자님만큼 미쳤으니까.

햄릿 그런데 어쩌다 그렇게 미치게 되었답니까?

무덤 일꾼 1 그게 참 이상하다고들 해요.

햄릿 뭐가 이상하지요?

무덤 일꾼 1 그야, 온전한 정신을 잃어서 그렇다는 건데.

햄릿 어디가 어째서 그랬다는 거요?

무덤 일꾼 1 어디서요? 그야, 여기 덴마크에서죠. 내가 무덤 파는 일을 어려서부터 삼십 년을 했으니 알 건 압니다.

햄릿 사람이 땅속에 들어가면 썩는 데 얼마나 걸리오?

무덤 일꾼 1 음, 죽기 전부터 썩은 게 아니라면, 요즘은 매독 걸려 죽은 시체들이 많아서 묻기도 전에 썩곤 하거든요, 그렇지 않다면 팔 년이나 구 년은 갈 겁니다. 무두장이는 구 년쯤

가죠.

햄릿 무두장이는 왜 더 오래가지요?

무덤 일꾼 1 그야, 직업이 직업이니만큼 살가죽 무두질이 잘되어서 오랫동안 물을 막아 주니 그렇지요. 그 염병할 놈의 시체를 썩게 하는 데는 물만 한 게 없어요. 여기 이 해골은 말이오. 이 해골은 이십하고도 삼 년을 더 땅속에 있었소이다.

햄릿 그게 누구였소?

무덤 일꾼 1 끝내주는 미친놈이었죠. 누구였을 것 같소?

햄릿 글쎄, 모르겠소.

무덤 일꾼 1 이 미친 새끼는 염병이나 걸리라지. 이놈이 한번은 내 머리에 술 한 병을 병째로 쏟아부었지 뭡니까? 요 해골이 바로 요릭의 해골이오. 왕의 어릿광대였던 놈 말입니다.

햄릿 이게요?

무덤 일꾼 1 그렇습죠.

햄릿 어디 보자. (해골을 받아 든다.) 아, 불쌍한 요릭! 호레이쇼, 내가 이 사람을 잘 안다네. 재담이 무궁무진하고, 상상력이 뛰어났지. 나를 얼마나 많이 업어 주었는지 몰라. 그런데 이제는 생각만 해도 끔찍하군. 구역질이 나. 여기에 있었을 입술에 내가 얼마나 자주 입을 맞췄는지.

요릭, 당신의 그 짓궂은 조롱은 다 어디 갔소? 당신의 장난, 노래, 그 기발한 익살들은 다 어디 갔소? 좌중에게 웃음보를 터뜨리게 하던 그 익살들 말이오. 헤벌쭉 웃고 있는 지금의 당신 꼴을 조롱해 줄 농담 하나도 남겨 놓지 않았단 말이오?

턱은 완전히 떨어져 나간 것이오? 그럼 왕비님 방으로 가서 이렇게 말해 주시오. 화장을 아무리 두껍게 해도 결국 이런 꼴이 되고 말 거라고. 그렇게 말해서 웃겨 주시오. 호레이쇼, 한 가지 물어볼 게 있네.

호레이쇼 뭘 말입니까, 왕자님.

햄릿 알렉산더 대왕도 땅에 들어가서 이런 꼴이 되어 있을까?

호레이쇼 당연하죠.

햄릿 냄새도 이렇게 나고? 푸!

호레이쇼 당연합니다, 왕자님.

햄릿 우리가 죽고 나면 얼마나 천한 것이 되고 말까, 호레이쇼! 알렉산더 대왕의 고귀한 한 줌 먼지가 가는 길을 쫓아가 보면, 그것도 결국은 술통 구멍이나 막는 마개가 되는 것 아닐까?

호레이쇼 그건 지나치게 나쁜 쪽으로만 생각하는 것 아닐까요?

햄릿 아냐, 조금도 그렇지 않네. 그냥 보통의 상상력만 동원해 봐도 거기까지 갈 수 있어. 그럴 가능성이 얼마든지 있다고. 이렇게 말이야. 알렉산더가 죽었다, 알렉산더가 묻혔다, 알렉산더가 티끌로 돌아간다.

티끌이란 흙이지. 흙으로 찰흙을 만든다. 이 찰흙으로, 그러니까 알렉산더의 티끌이었던 찰흙으로 왜 맥주통 구멍을 막지 못한단 말인가? 카이사르 황제, 그도 죽어 진흙이 되면 벽에 난 구멍을 메워 바람을 막아 줄 수도 있지. 아, 세상을 떨게 했던 그 흙덩이가 겨울 외풍을 막기 위해 벽 구멍을 메우게 되다니! 그런데 가만, 가만! 저리 피하세. 왕이 오고 있어. (햄릿과 호레이쇼, 옆으로 피한다.)

왕과 왕비, 레어티즈, 수행 귀족, 사제 등이 오필리아의 관을 따라 등장한다.

햄릿 저건 누구의 장례지? 왜 저렇게 간소해? 아마도 저 안에 든 시체가 제 손으로 목숨을 끊었기 때문이겠지. 신분이 상당했던 사람인 모양이군. 잠시 숨어서 지켜보세. (호레이쇼와 함께 뒤로 물러난다.)

레어티즈 예식은 더 없습니까?

햄릿 레어티즈로군. 훌륭한 청년이지. 지켜보세.

레어티즈 예식은 더 없어요?

사제 이 장례는 저희가 인가받은 한에서 최대한 예를 갖추어 치른 겁니다. 사망 원인이 석연치 않아서요. 전하의 명령으로 관례를 무시하지 않았다면, 돌아가신 분은 최후 심판의 나팔이 울리는 날까지 성스럽지 못한 땅에 묻혀 있어야 했을 겁니다. 그리고 자비를 비는 기도는 고사하고 사금파리나 부싯돌, 돌멩이를 맞았을 겁니다. 그래도 이분에게는 처녀 화환도 허락되고 무덤에 꽃을 뿌리는 것도 허락되었을 뿐 아니라, 안식처에 묻히는 동안 애도하는 종도 울리게 됐습니다.

레어티즈 더는 안 된다는 말입니까?

사제   더는 안 됩니다. 평온하게 가신 분들에게 하듯, 이분에게도 진혼가를 부르면서 매장을 하는 건 장례 예배를 모독하는 것입니다.

레어티즈 누이를 묻으시오. (관을 바라보며) 곱고 순결한 네 몸에서 제비꽃이 피어 다오! 매정한 사제여, 이건 알아 두시오. 당신이 지옥에서 악을 쓰고 있을 때 내 누이는 구원의 천사가 되어 있을 것이오.

햄릿   아니, 저게 오필리아란 말인가!

왕비   (꽃을 뿌리며) 어여쁜 아이에게 어울리는 어여쁜 꽃이다. 잘 가거라. 난 네가 우리 햄릿의 아내가 되길 바랐다. 귀여운 아가씨야, 이 꽃으로 네 신혼 방을 꾸며 주려 했는데, 네 무덤에 뿌리게 될 줄은 몰랐구나.

레어티즈 아, 그 저주받을 놈! 악랄한 짓으로 네 총명한 정신을 앗아 가 버린 놈! 그놈의 머리에 세 겹 재앙이 서른 곱절로 떨어져라. (무덤 일꾼들을 향해) 흙 덮는 걸 잠시 멈추시오. 누이를 한 번 더 안아 봐야겠소. (무덤으로 뛰어든다.) 여기 산 사람과 죽은 사람을 함께 흙으로 덮어 주시오. 이 평지에 흙을 부어 저 옛 펠리온 산[1]이나 하늘 닿은 저 푸른 올림포스 산 꼭대기보다 더 높은 산을 쌓아 주시오.

햄릿 (앞으로 나서며) 누가 제 슬픔을 저처럼 요란스레 떠들어 대는가? 누가 떠도는 별들을 비통한 말로 멈춰 세워 놀란 귀를 기울이게 하고 있느냔 말이다. 난 덴마크 왕 햄릿이다. (무덤으로 뛰어든다.)

레어티즈 (햄릿의 멱살을 움켜쥐며) 악마가 데려가야 할 놈 같으니!

햄릿 듣기 좋은 말이 아니군. 내 목에서 자네 손 좀 치워 주지 않겠나? 내 성격이 성급하거나 무모하진 않지만, 위험한 면도 있으니 조심하는 게 좋을걸. 이 손, 치우게.

왕 두 사람을 떼어 놓아라.

왕비 햄릿! 햄릿!

일행 두 분!

호레이쇼 왕자님, 진정하십시오. (수행원들이 떼어 놓자, 두 사람이 무덤에서 나온다.)

---

[1] **펠리온 산** 그리스 신화에 나오는 산으로, 거인들이 신들이 사는 올림포스에 오르기 위해 펠리온 산을 오사 산 위로 옮겼다고 한다.

햄릿 이 일에선 물러서지 않겠다. 내가 두 눈을 뜨고 있는 한 양보하지 않을 것이다.

왕비 내 아들아, 무슨 일 말이냐?

햄릿 나는 오필리아를 사랑했다. 사만 명 오빠의 사랑을 다 합쳐도 내 사랑만 못할 것이다. 자네가 오필리아를 위해 뭘 해 주겠다는 건가?

왕 아, 레어티즈. 그 애는 미쳤다.

왕비 제발 저 아이를 그냥 둬.

햄릿 빌어먹을! 뭘 할 건지 보여 주란 말이야. 울 텐가? 싸울 텐가? 아니면 굶을 거냐? 몸을 찢어 버려? 식초를 마실 거야? 악어가죽을 씹어? 난 그럴 수 있다. 징징거리려고 여기에 온 건 아니겠지? 무덤에 뛰어들어 내 기를 죽여 놓으려고? 오필리아와 산 채로 묻히겠다면, 나도 기꺼이 그렇게 하겠다.

자네가 산 이름을 늘어놓겠다면, 저 사람들더러 우리 위로 들판의 흙을 다 퍼부으라고 해. 우리를 덮은 흙이 하늘 높이 쌓여 꼭대기가 해에 그을리고 오사 산 봉우리가 사마귀만 하게 보일 때까지 퍼부으라 하라고. 자네가 뭐라 떠들어 댄다면 나도 그만큼 떠벌릴 수 있단 말이야.

왕비 지금은 완전히 미친 것 같지만, 저렇게 잠시 발작하다가도 금방 조용히 가라앉아. 암비둘기가 노란 새끼 한 쌍을 깠을 때처럼 순해진다고.

햄릿　이봐, 나를 왜 그렇게 대하는 거지? 난 자네를 좋아했는데. 뭐, 그건 아무래도 좋아. 헤라클레스가 무얼 어떻게 하든 고양이가 울고 개가 짖어 대는 걸 막을 순 없을 테니. (퇴장)

왕　호레이쇼, 제발 부탁이니 햄릿을 따라가서 돌봐 주게. (호레이쇼 퇴장) (레어티즈에게) 지난밤에 나눈 얘기 명심하고 네가 더 참거라. 내가 곧 그 일을 결행하겠다. (왕비를 향해) 여보, 거트루드! 사람을 시켜 아들을 잘 감시하도록 하시오. 이 무덤에는 영원히 남을 수 있는 묘비를 세워 주겠다. 머지않아 평온한 시기가 올 것이니, 그때까지는 인내심을 가지고 일을 진행하리라. (모두 퇴장)

〈2장〉

성 안의 홀.

햄릿과 호레이쇼 등장.

햄릿　이 이야긴 그쯤 하고, 이제 딴 이야기를 들어 보겠나? 내가 편지로 설명해 준 정황은 다 기억하지?

호레이쇼　다 기억합니다, 왕자님.

햄릿 이봐, 머릿속이 혼란스러워서 도통 잠을 이루지 못했어. 배에서 반란을 일으키다 족쇄를 차게 된 선원들도 그보다 더 힘들지는 않았을 거야. 앞뒤 생각 없이, 아니, 이 경우엔 앞뒤 생각 없었던 게 오히려 잘한 일이었지. 고심해서 짠 계획이 별 효과가 없을 땐, 오히려 무모한 게 가끔 도움이 되잖나? 그런 데서 배워야 해. 우리가 멋대로 대충 일을 벌여 놓아도, 마무리는 하늘이 해 준다는 걸.

호레이쇼 맞는 말씀입니다.

햄릿 난 옷을 대충 걸치고 선실을 빠져나와 어둠 속을 더듬어 놈들을 찾아냈어. 놈들의 짐 꾸러미를 발견하고는 슬쩍해서 어찌어찌 내 방으로 돌아왔지. 불안한 마음에 예의고 뭐고 잊어버린 채 왕의 국서를 급히 뜯어 보았어. 거기서 내가 뭘 봤는지 아나, 호레이쇼?

아, 왕이 그처럼 악랄할 수 있을까! 아주 엄중한 명령이 적혀 있었어. 덴마크 왕의 안위니, 잉글랜드 왕의 안위니 어쩌고저쩌고 이유를 잔뜩 늘어놓은 다음, 하! 나를 살려 두면 위험하기 짝이 없다나? 편지를 읽자마자 지체 없이, 그러니까 도끼날을 갈 생각도 하지 말고 당장 내 목을 치라는 거야.

호레이쇼 어떻게 그럴 수가!

햄릿 국서가 여기 있으니 시간 날 때 직접 읽어 봐. 그다음에 내가 어떻게 했는지 들어 보겠나?

호레이쇼 예, 듣고 싶습니다.

햄릿 꼼짝없이 사악한 계략에 걸려들었다는 걸 알자마자, 순식
간에 대처할 계획을 떠올렸네. 얼른 자리에 앉아 새 명령
을 아주 반듯한 정자체로 썼지. 나도 한때는 이 나라 정치
인들이 그러듯, 정자체를 하급 관리나 쓰는 천박한 서체로
여기고는 애써 잊어버리려 노력했는데…… 그게 이번엔
아주 큰 도움이 되었지 뭐야. 내가 뭐라고 썼는지 궁금하
지 않아?

호레이쇼 궁금합니다, 왕자님.

햄릿 왕이 간곡하게 요청하는 형식으로 썼지. 먼저 잉글랜드가
덴마크의 충실한 속국임을 상기시키고, 두 나라 사이의 우
정은 종려나무처럼 번성하기 바란다고 했어. 평화의 신이
늘 함께해야 하며, 두 나라의 우호에 금이 가서는 안 된다
는 둥 하면서 그럴싸한 소리를 늘어놓은 다음, 이 서신을
읽자마자 이것저것 따지지 말고 지체 없이, 서신을 가져온
자들을 즉시 처형하라고 했어. 참회할 시간도 주지 말고.

호레이쇼 봉인은 어떻게 하셨어요?

햄릿 하늘이 도왔다고 해야 하나? 아버님의 도장이 내 지갑 속
에 있었어. 덴마크의 진짜 옥새지. 내가 쓴 것을 왕의 편지
처럼 접어서 서명하고 도장을 찍은 다음, 감쪽같이 제자리

에 갖다 두었어. 그러다 이튿날 해적을 만나는 바람에 싸움이 벌어졌고…… 그 뒤의 일은 자네도 다 알고 있는 대로야.

호레이쇼 길든스턴과 로젠크란츠는 이미 세상을 떴군요.

햄릿 그놈들은 이 일을 좋아라 하고 떠맡았어. 그자들 일은 양심에 조금도 거리끼지 않아. 쓸데없이 참견해서 파멸을 자초한 거지. 두 강자가 격렬하게 맞서 싸우고 있는 판인데, 그 칼부림 사이로 모자란 인간들이 끼어드는 건 아주 위험한 일이야.

호레이쇼 왕이 어떻게 그럴 수가 있죠?

햄릿 자넨 이게 이제 내 의무라고 생각지 않나? 내 아버지인 왕을 죽이고, 내 어머니를 창녀로 만들고, 내가 바랐던 왕위를 가로채고……. 그것도 모자라, 나를 죽이려고 그따위 속임수로 낚시를 던진 놈이야. 마땅히 이 손으로 그놈에게 빚을 갚아 주는 게 양심의 명령을 제대로 따르는 것이 아니겠어? 이런 암적인 존재가 계속 해악을 끼치도록 내버려 두는 건 천벌을 받을 일이지.

호레이쇼 잉글랜드 쪽 일이 어찌 됐는지는 왕에게 곧 소식이 갈 겁니다.

햄릿 그렇겠지. 그때까지가 내게 주어진 시간인 셈이야. 인생은 '하나!' 하고 세는 사이에 지나가 버려. 그런데 호레이쇼,

앞서 내가 레어티즈 앞에서 이성을 잃었던 건 부끄러운 일
이었네. 입장을 바꿔 생각해 보면, 그 친구 심정이 어땠을
지 충분히 이해가 되거든. 레어티즈에게 용서를 빌어야겠
어. 그 친구가 너무 격하게 슬픔을 표현하는 바람에 그만
화가 치밀어 올라서…….

호레이쇼 가만, 누가 옵니다.

오즈릭 등장.

오즈릭 왕자님의 귀국을 환영합니다.

햄릿 고맙네. (호레이쇼에게) 자네, 이 물잠자리 아나?

호레이쇼 아뇨, 모릅니다.

햄릿 자넨 운이 좋군. 저자를 모른다니. 땅이 아주 많은 자야. 좋
은 땅이지. 짐승 같은 놈도 짐승을 많이 기르고 있으면 왕
과 같은 식탁에 앉을 수가 있어. 떠버리지만 흙을 엄청나
게 소유하고 있지.

오즈릭 왕자님, 지금 시간이 괜찮으시면 전하의 말씀을 전해 드
려도 되겠습니까?

햄릿 열심히 경청하겠네. (모자를 손에 들고 있는 오즈릭에게) 모자
는 제대로 쓰게. 원래 머리에 쓰는 것 아닌가?

오즈릭 감사합니다만 너무 더워서요.

햄릿 아니, 무척 춥지 않나? 북풍이 불지 않아?

오즈릭 그렇군요, 왕자님. 매우 춥습니다.

햄릿 그런데 내 체질엔 아주 후덥지근하게 느껴지는군.

오즈릭 그렇습니다, 왕자님. 아주 후덥지근해요. 그러니까 뭐랄 까……, 어떻게 표현해야 할지 모르겠군요. 아무튼 왕자 님, 전하께서 왕자님을 위해 큰 내기를 거셨다는 말씀을 전하라고 하셨습니다. 무슨 내기인가 하면…….

햄릿 (그에게 모자를 쓰라는 손짓을 하며) 제발 모자는 쓰게.

오즈릭 전 이게 편합니다. 정말입니다, 왕자님. 얼마 전에 레어티 즈 님이 궁에 돌아왔습니다. 그분은 완벽한 신사입니다. 뛰 어난 자질을 두루 갖추었을 뿐 아니라 사교성도 원만하고 외모도 빼어나지요. 느껴지는 그대로 말씀드리자면, 신사 의 표본이자 일람표라고 할 수 있습니다. 신사가 갖춰야 할 모든 것을 그분에게서 찾아볼 수 있으니까요.

햄릿 자네 설명에서 부족한 건 하나도 없네. 그런데 그의 자질 하나하나를 다 헤아리다 보면 셈하는 머리가 현기증을 일 으키고 말 거야. 쾌속선 같은 그를 쫓아가려고 허둥대다 딴 길로 빠지고 말 거라고.

하지만 진정을 담아 칭송하자면, 난 레어티즈가 아주 폭넓 은 재능을 지닌 인물이라고 보고 있네. 여러 점에서 매우 드물고 특별한 사람이지. 정확히 표현하자면, 그와 닮은

사람은 그의 거울 안에서나 볼 수 있고, 그의 뒤를 따를 자
는 그의 그림자밖에 없을 거야.

오즈릭 틀린 말씀이 하나도 없습니다.

햄릿 요컨대 핵심이 뭔가? 우리가 왜 너절한 말로 이 신사를 거
론하고 있지?

오즈릭 예?

호레이쇼 (햄릿에게) 쉬운 말로 하면 알아듣지 않을까요? 쉽게 말
씀해 보시죠.

햄릿 이 신사 얘기를 꺼낸 이유가 뭐냐는 거야.

오즈릭 레어티즈 님 말입니까?

호레이쇼 말주머니가 벌써 비었습니다. 밑천이 떨어졌어요.

햄릿 그래, 그 사람.

오즈릭 모르시진 않을 줄 압니다만.

햄릿 내가 알 거라고 생각한다니 기쁘네만, 안다 해도 별 도움
이 안 되는 것 같네. 그래서?

오즈릭 레어티즈 님이 얼마나 뛰어난지 모르진 않으시죠?

햄릿 함부로 진심을 말하진 않겠네. 굳이 나와 비교하고 싶지 않
으니까. 남을 잘 알려면 먼저 자기 자신부터 알아야 하지.

오즈릭 지금 말씀드리려던 것은 무기에 관한 겁니다. 그분 밑에
있는 사람들 말에 따르면, 그분에게 맞설 자가 없답니다.

햄릿 어떤 무기를 쓴다던가?

오즈릭 세장검과 단검입니다.

햄릿 두 가지를 쓰는군. 그런데?

오즈릭 전하께서 레어티즈에게 바르바리산 말 여섯 필을 거셨습니다. 제가 알기로, 그분은 프랑스제 세장검과 단검 여섯 자루, 그리고 거기에 부속품으로 따르는 혁대와 칼꽂이 등을 내놓으셨고요. 착용대 석 점은 아주 멋질 뿐 아니라 칼자루와도 잘 어울립니다. 정교하게 만들어진 데다 디자인도 아주 우아합니다.

햄릿 착용대가 뭐지?

호레이쇼 (햄릿에게) 아무래도 사전을 펴 놓고 어휘 공부를 좀 하셔야겠군요.

오즈릭 일종의 칼꽂이입니다.

햄릿 허리에 대포라도 차고 다닌다면 그 단어가 어울리겠네만, 그때까지는 칼꽂이란 말을 쓰는 게 더 좋겠군. 하여간 계속해. 바르바리 말 여섯 필에 상대편은 프랑스제 검 여섯 자루와 그 부속품, 그리고 우아한 디자인의 착용대 석 점이란 말이지? 덴마크식 대 프랑스식 내기로군. 그런데 왜 그런 걸 내놓았지?

오즈릭 전하께서는 두 분이 열두 번 대결을 치를 경우, 그분이 삼 점 이상의 격차로 이기지 못한다는 데 내기를 거셨습니다. 구 점 대 십이 점의 점수에 거신 것입니다. 왕자님께서 승낙하시면 곧바로 시합을 치르실 수 있습니다.

햄릿 내가 싫다고 하면?

오즈릭 시합에 응하시는 것을 전제로 말씀드린 겁니다.

햄릿 알겠네. 난 이 홀에서 좀 걷고 있겠어. 전하께서 괜찮으시
다면, 지금이 마침 내 운동 시간이기도 하니……. 그 멋진
신사분이 원하고, 또 전하께서도 마음이 바뀌지 않으셨다
면 시합용 칼을 가져오게. 가능하면 전하를 위해 그 신사
를 이겨 보겠네. 설령 진다 한들 망신 좀 사고 몇 대 얻어
맞는 것밖에 더 있겠나?

오즈릭 전하께 말씀하신 대로 전해 드려도 될까요?

햄릿 맘대로 살을 붙여도 되지만 그런 뜻으로.

오즈릭 충심으로 모시겠습니다.

햄릿 알겠네. (오즈릭 퇴장) 자기 스스로나 충심으로 모실 것이
지. 누가 자기를 모셔 주겠다고.

호레이쇼 저 설익은 친구 달아나는 꼴이 꼭 제 알껍데기를 뒤집
어쓰고 내달리는 댕기물떼새 같군요.

햄릿 저 친구는 젖을 빨기 전에 제 어미 젖꼭지에 먼저 깍듯이
인사를 드렸을 거야. 저자뿐 아니고 이 경박한 시대에 인
기를 끌고 있는 무리들이 가진 거라곤 주워들은 유행어와
겉만 번지르르한 사교술뿐이지. 알맹이 없는 거품덩어리
들이라고 할까. 제대로 된 식견을 검증받은 진짜 교양인들

의 시험을 잘도 피해 다니고 있지만, 한 번 훅 불면 거품이 순식간에 다 꺼져 버리지.

귀족 한 사람 등장.

귀족 왕자님, 전하의 말씀을 전한 오즈릭이 왕자님께서 홀에서 기다리고 계시다는 전갈을 가져왔습니다. 전하께서 저를 보내 왕자님께서 레어티즈와 시합을 하고 싶으신지, 아니면 시간이 좀 더 필요하신지 알아보라 하셨습니다.

햄릿 내 뜻은 변하지 않았소. 전하께서 원하시는 대로 할 거요. 난 준비가 언제라도 되어 있으니 지금이든 나중이든 아무 때나 좋소. 내 상태가 지금처럼 괜찮다면…….

귀족 전하와 왕비님, 그리고 다른 분들도 모두 오고 계십니다.

햄릿 때맞춰 오는군.

귀족 시합 전에 왕자님께서 레어티즈 님을 좀 점잖게 대해 주시기를 바란다는 왕비님의 당부가 있으셨습니다.

햄릿 좋은 말씀이시오. (귀족 퇴장)

호레이쇼 이번 내기는 질 것 같습니다, 왕자님.

햄릿 난 그렇게 생각하지 않아. 레어티즈가 프랑스로 떠난 뒤로 나도 계속 연습을 해 왔어. 내게 유리한 덤을 주었으니 이길 거야. 그래도 내 마음이 얼마나 편치 않은지 자넨 모르겠지만. 뭐, 아무래도 상관없어.

호레이쇼 아니, 왕자님.

햄릿 어리석은 불안이지. 여자들이나 가질 법한 불안이야.

호레이쇼 조금이라도 마음에 걸리는 게 있으면 지금이라도 그만
두십시오. 다른 분들이 이리로 오는 걸 막고, 왕자님께서
준비가 안 되었다고 전하겠습니다.

햄릿 아냐, 그럴 것 없어. 난 조짐을 믿지 않아. 참새 한 마리가
떨어지는 데도 특별한 섭리가 있지 않나? 때가 지금이라
면 나중에 안 올 것이고, 나중에 오지 않을 것이면 지금 오
겠지. 지금이 아니라도 결국은 오지 않겠나? 언제든 준비
를 하고 있는 게 중요하지. 어떤 삶을 남겨 두고 떠날지는
아무도 모르는데, 조금 일찍 떠난들 어떻단 말인가. 주어
지는 대로 따라야지.

나팔수와 고수들 등장. 뒤이어 왕과 왕비, 레어티즈, 오즈릭, 귀족들, 시합용 칼을
든 수행원들이 등장한다.

왕 자, 햄릿! 이리 와서 이 손을 잡아라. (왕, 레어티즈의 손을 햄
릿 손에 쥐어 준다.)

햄릿 용서해 줘, 레어티즈. 내가 자네에게 잘못했네. 하지만 자
네는 신사니까 용서해 주리라 믿어. 여기 있는 분이 다 알

고 있고, 자네도 이미 들었을 테지만, 난 요즘 심한 정신 착란으로 고통받고 있어. 내가 저지른 일이 자네에게 자식으로서의 마음과 명예를 건드리고, 아울러 적지 않은 반감을 불러일으켰을 거라고 생각해. 내가 미쳐서 저지른 짓이라는 걸 이 자리에서 분명히 밝히겠네.

설마 햄릿이 레어티즈에게 잘못을 저질렀다고 생각하나? 아니야, 햄릿은 아니야. 제정신을 놓치고 자기가 아닐 때 자네에게 잘못을 저지른다면, 그건 결코 햄릿이 저지르는 일이 아니야. 그럼 그건 누가 저지르는 짓이냐고? 햄릿의 정신 착란이 하는 짓이지. 그런 의미에서 햄릿도 부당한 일을 당한 셈이야. 광기가 바로 불쌍한 햄릿의 적인 거지.

레어티즈, 여기 모인 분들 앞에서 내가 저지른 몹쓸 짓들이 고의가 아니었음을 분명하게 밝히니 너그러운 마음으로 나를 용서해 주게. 지붕 너머로 무심코 활을 쏘았는데, 하필이면 내 형제를 다치게 한 거라고 생각해 줘.

레어티즈 이런 경우에 자식으로서 앙갚음을 하고 싶은 마음은 당연한 것입니다. 하지만 왕자님께서 그렇게 말씀해 주시니 감정이 다소 풀립니다. 다만 명예가 걸린 문제에서는 물러서지 않겠습니다. 존경받는 어르신들께서 선례를 들어 화해를 권하는 말씀을 해 주시기 전까지는 그 어떤 타협도 하지 않겠습니다. 제 이름을 더럽히고 싶지 않습니다. 대신에 왕자님의 좋은 마음은 받아들이고, 그것을 욕 되게 하지는 않겠습니다.

햄릿 그 말을 진심으로 받아들이고, 이 형제간의 시합을 마음 편하게 해 보겠네. (수행원들에게) 칼을 이리 줘, 어서.

레어티즈 나도 칼을 주게.

햄릿 레어티즈, 내가 자네 솜씨를 빛나게 해 주지. 미숙한 나를 상대하면 자네 솜씨는 어두운 밤의 별처럼 빛날 거야.

레어티즈 절 놀리시는군요.

햄릿 아니야, 진심이야.

왕 오즈릭, 두 사람에게 칼을 주어라. 햄릿, 내기의 규칙에 대해선 잘 알고 있겠지?

햄릿 예, 잘 알고 있습니다. 약한 쪽에 덤을 주셨더군요.

왕 걱정은 하지 않는다. 그동안 너희 두 사람을 쭉 지켜봐 왔으니까. 다만 저쪽의 기량이 늘었다고 하니, 우리 쪽이 덤을 가진 것뿐이다. (햄릿과 레어티즈가 칼을 고른다.)

레어티즈 이건 너무 무겁군. 다른 것 좀 봅시다.

햄릿 난 이게 맘에 드는걸. 길이는 다 같겠지?

오즈릭 예, 왕자님. (두 사람은 시합 준비를 하고, 하인들은 술잔이 든 쟁반을 가져온다.)

왕 술잔은 저 탁자 위에 갖다 놓아라. 햄릿이 첫 판이나 두 번째 판에서 먼저 득점하거나, 세 번째 판에서 실점을 만회

하면, 성벽에 있는 모든 대포를 발사하게 할 것이다. 또 왕이 햄릿의 건투를 비는 건배를 하고, 잔에는 덴마크 왕들이 왕관에 장식했던 것보다 더 훌륭한 진주알을 넣겠다. 어서 잔을 가져와라. 그리고 고수는 북을 울려 왕이 햄릿을 위해 축배를 들고 있음을 나팔수에게 알려라. 나팔수는 밖에 있는 포수에게 알려 대포로 하늘에 전하고, 하늘은 다시 땅에 알리도록 하라. 자, 시작하라. 그리고 심판은 잘 지켜보도록.

햄릿 (레어티즈에게) 자, 오게나.

레어티즈 갑니다, 왕자님. (두 사람, 시합을 시작한다.)

햄릿 한 점.

레어티즈 아니오.

햄릿 심판?

오즈릭 맞았습니다. 정통입니다.

레어티즈 좋습니다, 다시 한 번.

왕 잠깐. 술을 따르라. 햄릿, 이 진주는 네 것이다. 네 건강을 위해 건배한다. (북소리가 울리고, 나팔 소리가 들리고, 대포가 발사된다.) 햄릿에게 그 잔을 주게.

햄릿 먼저 이 판을 끝내겠습니다. 잔은 잠깐 두십시오. 자, 어서 와. (두 사람이 겨룬다.) 또 한 대, 어떤가?

레어티즈 맞았소, 인정합니다.

왕   우리 아들이 이길 것 같소.

왕비   숨이 찬가 봐요. 햄릿, 여기 이 손수건으로 땀 좀 닦아라. 이 어미가 네 행운을 비는 술 한잔하겠다.

햄릿   고맙습니다.

왕   거트루드, 마시지 마시오!

왕비   죄송하지만 마시고 싶어요.

왕   (방백) 독이 든 술인데……. 말리기에는 너무 늦었구나! (왕비가 술을 마시고 나서 잔을 햄릿에게 권한다.)

햄릿   어머니, 지금은 못 마십니다. 나중에 마실게요.

왕비   이리 와, 땀을 닦아 줄 테니.

레어티즈 (왕에게) 전하, 이 기회에 찌르겠습니다.

왕   그래선 안 될 것 같은데.

레어티즈 (방백) 어쩐지 양심에 걸리는구나.

햄릿   레어티즈, 이제 셋째 판일세. 그런데 자네 너무 슬슬 하는 것 같아. 사정 봐주지 말고 제대로 힘껏 찌르라고. 꼭 어린 애를 데리고 노는 것 같군.

레어티즈 그래요? 그럼 오시오. (두 사람이 공격을 주고받는다.)

오즈릭   무승부요. 양쪽 다 득점 없습니다.

레어티즈 받아랏! (레어티즈가 햄릿에게 상처를 입힌다. 그 후 싸우는 도중 서로 바뀐 칼로 햄릿이 레어티즈에게 상처를 입힌다.)

왕   두 사람을 떼어 놓아라. 둘 다 너무 흥분했다.

햄릿 (레어티즈에게) 자, 다시 공격해 봐. (왕비가 쓰러진다.)

오즈릭 왕비님이 쓰러지셨습니다. 시합 중지!

호레이쇼 (방백) 양쪽이 다 피를 흘리고 있구나. (햄릿에게) 어찌 된 겁니까, 왕자님?

오즈릭 어찌 된 겁니까, 레어티즈 님?

레어티즈 오즈릭, 내가 도요새처럼 제 올가미에 걸려 버렸다네. 내가 꾸민 술책에 죽는 것이니 죗값을 치르는 거야. (쓰러진다.)

햄릿 왕비님은 어떻게 되셨습니까?

왕 피를 보고 기절하셨다.

왕비 아냐, 저 술이다, 저 술! 아, 내 아들아, 저 술, 저 술에 독이 들었다. (죽는다.)

햄릿 아, 이런 극악한 짓이 있나! 여봐라, 문을 잠가라. 반역이다! 반역자를 찾아라! (오즈릭 퇴장)

레어티즈 햄릿 왕자님, 반역자는 여기 있소. 햄릿, 당신도 이제 곧 죽을 겁니다. 이 세상 그 어떤 약도 소용없어요. 이제 생명이 반 시간도 남지 않았습니다. 배신에 사용한 흉기는 왕자님 손에 있습니다. 상처를 입힐 수 있도록 끝을 뾰족한 채로 두고 독도 묻혀 놓았지요. 비열한 음모가 결국 제게 돌아온 겁니다. 보세요, 전 여기 쓰러져 다시 일어나지 못합니다. 왕자님의 어머니는 독을 마셨어요. 더 말할 힘이 없군요. 모든 게 저 왕, 왕 때문입니다.

햄릿 칼끝에 독약까지? 그렇다면 독약아, 이제 네 할 일을 해라! (왕을 칼로 찌른다.)

모두 반역이다! 반역이다!

왕 여봐라, 나를 지켜라. 난 가벼운 상처만 입었을 뿐이다.

햄릿 이거 받아라, 이 살인자! 근친상간한 놈, 지옥에 처박힐 덴마크 왕 놈아. 이 독약도 처마셔라. 내 어머니를 따라가라. (왕, 죽는다.)

레어티즈 왕은 죽어 마땅합니다. 그건 왕이 직접 만든 독약입니다. 햄릿 왕자님, 우리 서로 용서합시다. 내 죽음이나 내 아버지 죽음이 당신 탓이 아니길 바랍니다. 당신의 죽음도 내 탓이 아니기를 바라고요. (죽는다.)

햄릿 하늘이 자네를 용서하길 바라. 나도 자네를 따르겠어. 호레이쇼, 나는 이제 죽네. 불쌍한 왕비님, 잘 가십시오. 이 참변에 질려 파랗게 떨고 있는 여러분, 이 참극을 대사 없는 배우처럼 구경할 수밖에 없을 줄 아오. 내게 시간만 있다면……. 아, 이 잔인한 죽음의 사자가 인정사정없이 나를 잡으러 오고 있지 않다면…… 뭐라도 말씀드릴 수 있겠는데……. 그만두지요. 호레이쇼, 난 이제 죽어. 자넨 살아남아 아무것도 모르는 사람들에게 내가 어떤 이유로 무슨 일을 했는지 제대로 알려 줘.

호레이쇼 그럴 수 없습니다. 전 덴마크인이지만 정신만은 로마 인입니다. 여기 아직 독주가 남아 있군요.

햄릿 자네는 사내이니 그 잔을 이리 주게. 어서 놓으라고. 이리 달란 말이야. 내 좋은 친구 호레이쇼, 그동안 일어난 일들 에 대한 설명이 없으면, 죽고 난 뒤 내가 얼마나 부끄러운 이름으로 남겠나. 자네가 나를 마음 깊이 생각한다면, 하늘 에서의 행복은 잠시 미뤄 두고, 괴롭더라도 이 험한 세상에 더 살아남아 내 이야기를 좀 전해 줄 수 없겠나? (멀리서 행 군 소리, 가까이에서 포성 소리) 저 대포 소리는 뭐지?

오즈릭 등장.

오즈릭 포틴브라스 왕자가 폴란드를 정복하고 돌아오는 길에 잉 글랜드 사절을 만나 예포를 쏘고 있습니다.

햄릿 아, 이제 나는 죽네, 호레이쇼. 독이 내 정신을 완전히 마비 시키고 있어. 잉글랜드 소식을 듣기까지는 살 수 없겠네. 하지만 미리 말할 수 있는 건 덴마크 왕위가 포틴브라스에 게 갈 거라는 거네. 죽기 전에 나도 그를 지지하겠어. 포틴 브라스에게 전해 주게. 그동안 일어났던 일들과 일이 이렇 게 된 사정도 함께. 아, 이제 적막일세. (긴 한숨을 내쉬고 죽 는다.)

호레이쇼 이렇게 고귀한 정신 하나가 부서지고 마는구나. 고이
잠드시오, 사랑하는 왕자님. 천사들의 노래가 왕자님을 편
안한 곳으로 모셔 가길. (안에서 행군 소리) 그런데 북소리가
왜 이쪽으로 오는 거지?

포틴브라스와 잉글랜드 사신들, 그리고 북과 군기를 든 군인들이 등장한다.

포틴브라스 일이 일어난 곳이 어딘가?

호레이쇼 뭘 보시겠다는 겁니까? 참극을 보시겠다면 더 찾으실
필요가 없습니다.

포틴브라스 이 시체 더미를 보니 살육이 엄청났다는 걸 한눈에
알겠구나. 잘난 죽음아, 네 지옥 토굴에 무슨 잔치가 있기
에 저 많은 귀인들을 단칼에 피투성이로 만들어 놓았단 말
이냐?

사신1 끔찍하군요. 잉글랜드에서 가져온 저희 전언이 너무 늦게
도착한 듯합니다. 말을 들어 주실 분의 귀가 듣지 못하게
되었으니 말입니다. 그분의 명령이 이행되어 로젠크란츠
와 길든스턴이 죽었단 소식을 전하고자 했습니다만. 감사
의 말은 어디서 들어야 할까요?

호레이쇼 왕이 살아서 말을 할 수 있다 해도, 그 입에서는 감사의
말을 듣지 못할 것입니다. 그자들을 죽이라는 명령은 왕이

내리지 않았습니다. 아무튼 피가 낭자한 참극이 벌어진 이때 마침 포틴브라스 왕자님이 폴란드 전쟁에서 돌아오셨고, 또 사신들도 잉글랜드에서 오셨으니, 이 시신들을 사람들이 잘 볼 수 있게끔 높은 단에 올려놓도록 명령을 내려 주시기 바랍니다.

그리고 아직 아무것도 모르고 있는 세상 사람들에게 이 일이 어떻게 일어나게 되었는지 제가 설명하도록 해 주십시오. 여러분은 잔혹한 피를 뿌린 패륜 행위에 대해서, 우연한 천벌과 뜻하지 않은 살인에 대해서, 교묘한 상황과 부득이한 이유로 초래된 죽음들에 대해서, 그리고 악한 꾀가 빗나가 오히려 꾸민 자의 머리에 떨어지게 된 연유를 듣게 될 것입니다. 제가 이 모든 것을 사실대로 전하겠습니다.

포틴브라스 어서 들어 봅시다. 중신들도 불러 모아 듣게 하시오. 나는 슬픈 중에도 이 행운을 기꺼이 맞아들이겠소. 이 나라에 대해서는 나도 잊지 못할 권리가 있고, 좋은 기회가 찾아왔으니 그 권리를 주장할까 하오.

호레이쇼 그 문제에 대해서도 드릴 말씀이 있습니다. 사람들의 지지를 더 많이 끌어올 수 있는 분의 말을 전합니다. 하지만 민심이 흥분되어 있는 이때 제가 해야 할 일을 먼저 하도록 해 주십시오. 있을 수 있는 음모나 판단 착오로 불행한 일들이 더 일어나지 않도록 말입니다.

포틴브라스 부대장 네 사람은 무인의 예를 갖추어 햄릿 왕자를 단상으로 모시도록 하라. 기회가 주어졌더라면 훌륭한 왕이 되었을 분이다. 그리고 왕자의 서거를 애도하는 군악과 조포를 소리 높이 울리도록 하라. 시신들을 들어내라. 이런 광경은 전쟁터에나 어울리지 이곳에는 맞지 않는구나. 어서 가서 병사들에게 조포를 쏘라 하라!

(시신을 메고 모두 퇴장한 후, 여러 발의 조포가 울린다.)

삶의 의미를 찾아
고뇌했던
비운의 왕자, 햄릿

강혜원 _ 전 서울 상암고등학교 국어 교사

'햄릿형 인간'이라고?

흔히 '의학의 아버지'라 부르는 히포크라테스는 인간의 유형을 네 가지로 나누었다. 의사답게 인간의 피 속에 있는 성분을 바탕으로 인간의 기질을 분류한 것이다. 이중 나는 어떤 유형에 속할까? 그리고 내 주변 사람들이나 좋아하는 소설 속 인물들은 과연 어떤 유형을 띨까?

가장 먼저 '다혈질' 인간. 이 유형의 사람은 온화하고 친절하며 외향적이다. 감정이 풍부하고, 모임에서는 중심적인 역할을 하며, 대개 낙천적 성향을 지닌다.

두 번째, '담즙질' 인간은 의지가 강해서 남을 지배하려는 성향이 짙다. 대부분 행동파라서 일단 목표를 설정하면 그것을 향해 단호하게 나아간다. 나쁘게 말하면 독재자형이지만, 잘 풀리면 결단력 있는 지도자가 될 수 있다.

세 번째, '점액질' 인간은 유머 감각이 있고, 매사에 느긋하며, 아주 성실하다. 그리 외향적이지는 않지만, 온화한 성품을 지닌 덕분에 사람들을 원만한 관계로 이끈다. 꽤 꼼꼼하고 참을성이 있다.

네 번째, '우울질' 인간은 분석적이며 논리적이다. 자기중심적인 면이 강하고, 자기가 목표로 삼은 일을 치밀하고 완벽하게 해내는 편이다. 때로는 생각이 많아서 내성적으로 보이기도 한다.

이 네 가지 유형 중 자기가 어디에 속하는지 단번에 찾은 사람? 바로 찾은 사람도 있겠지만 몇 가지 성향이 얽혀서 복합적인 사람도 있고, 반대로 그 어디에도 속하지 않는 사람도 있을 것이다.

이 책의 주인공 덴마크 왕자 햄릿도 이처럼 특정한 잣대로 인간의 유형을 나누는 자리에서 주인공이 된 적이 있다. 1860년에 러

시아 소설가 이반 투르게네프가 한 모임의 연설에서 햄릿형 인간과 돈키호테형 인간에 관한 이야기를 했다. 사람마다 약간씩 차이가 있긴 하지만, 대부분은 햄릿형 인간과 돈키호테형 이 둘 중 하나에 속한다는 것이다. 그렇다면 그는 햄릿형 인간을 어떻게 정의했을까?

"······햄릿은 과연 어떠한 인물입니까? 그는 자기 자신만을 위해서 사는 에고이스트입니다. 고귀한 햄릿에게 자아란, 자기 자신조차도 믿지 않는 것입니다. 햄릿의 사색은 그 해답을 얻지 못한 채 끊임없이 출발점으로 되돌아오게 합니다. 그것은 바로 그가 자기 영혼의 뿌리를 내리고 살아가야 할 이 세상에서 그 어떤 삶의 의의도 발견하지 못했다는 뜻입니다."

투르게네프는 돈키호테가 언뜻 미친 사람처럼 여겨지기도 하지만, 그것은 확고부동한 신념 때문이라고 말했다. 반면에, 햄릿은 회의론자이자 이기주의자라고 주장했다.

러시아의 위대한 작가가 한 평가라 그럴까? 이것은 지금까지도 꽤 그럴듯한 해석으로 여겨지곤 한다. 하지만 이 연설이 가난한 문학가와 학자들을 돕기 위한 모임에서 진행되었다는 사실에 주목할 필

'우유부단' 혹은 '고뇌하는' 인간의 대명사 햄릿(위)과 '과대망상' 혹은 '행동하는' 인간의 대명사 돈키호테(아래). 이 두 인물은 대조적인 인간 유형으로 자주 언급된다.

셰익스피어 vs. 세르반테스

'햄릿'과 '돈키호테'라는 개성 있는 인물을 창조해 내어 사백 년이 지난 오늘날까지 세계 문학사에 큰 영향을 끼치고 있는 '윌리엄 셰익스피어'와 '미겔 데 세르반테스'. 비록 영국과 스페인이라는 활동 공간은 서로 다르지만, 동시대를 살았던 두 사람은 각각 희곡과 소설로 근대 문학의 새 장을 열었다 해도 과언이 아니다.

무엇보다 흥미로운 사실은 두 사람이 1616년 4월 23일에 똑같이 생을 마감했다는 것이다. 그렇기에 햄릿과 돈키호테가 대조적인 성격을 지닌 인물로 자주 비교되는 것처럼, 셰익스피어와 세르반테스 역시 함께 언급되는 일이 많다.

당대에 이미 국민 작가로 널리 인정받았던 셰익스피어처럼, 세르반

《돈키호테》를 쓴 세르반테스.

테스 또한 스페인에서 《돈키호테》라는 최초의 근대 소설을 발표하면서 큰 인기를 얻었다. 하지만 경제적으로는 큰 소득이 없어 평생토록 가난하게 살았다고 한다.

희곡과 소설로 문학 갈래는 다르지만, 신기하게도 두 사람의 작품을 관통하는 공통점이 있다. 하층민의 삶에 친숙하고, 도덕적 판단에 매이지 않으며, 희극이나 비극 어느 한쪽으로 치우지지 않고 종합적인 작품을 썼다는 것이다.

그렇다면 두 사람은 실제로 만난 적이 있을까? 그건 확인할 수는 없지만, 말년의 셰익스피어가 후배 작가와 함께 쓴 희곡 〈카데니오〉는 영어로 번역된 《돈키호테》의 일부 내용을 각색한 것이라는 얘기가 전해진다. 이것이 사실이라면, 두 대가는 간접적으로나마 생전에 만난 적이 있다고 볼 수도 있지 않을까?

요가 있다. 어쩌면 투르게네프가 무모한 도전의 중요성을 강조하느라 일부러 돈키호테의 손을 들어 준 것일 수도 있으니까.

이참에 〈햄릿〉 속으로 들어가 주인공과 진지하게 대화를 나눠 보는 건 어떨까? 셰익스피어가 17세기 초에 탄생시킨 덴마크 왕자 햄릿은 무엇을 그리도 깊이 고뇌했던 걸까?

욕망이 낳은 비극과 그 희생자들

〈햄릿〉의 원제목은 '덴마크 왕자 햄릿의 비극'으로, 1599~1601년 사이에 글로브 극장(지금의 셰익스피어 글로브 극장)에서 공연되었다. 덴마크 왕자 햄릿이 아버지를 독살하고 어머니와 결혼한 삼촌에게 복수하기 위해 고뇌하고 갈등하다가 비극적인 운명을 맞는다는 이야기로, 모두 5막으로 이루어진 장막극이다. 막별로 내용을 살피며 햄릿의 슬픔과 고통을 들여다보도록 하자.

〈1막〉

덴마크의 햄릿 왕이 서거한 뒤, 햄릿 왕자는 깊은 슬픔에 빠져 있다. 아버지의 죽음도 죽음이지만, 아버지가 세상을 떠난 지 채 두 달도 안 돼 삼촌 클로디어스와 재혼한 어머니에 대한 실망과 분노 때문이다.

어느 날, 이런 햄릿에게 친구 호레이쇼가 선왕의 유령을 봤다고 전한다. 햄릿은 그 장소로 가서 죽은 왕의 유령을 만난다. 유령은 삼촌 클로디어스가 자신을 독살했음을 알리고 복수를 당부한다.

한편, 햄릿의 구애를 받고 있는 오필리아는 오빠 레어티즈와 아버지 폴로니어스로부터 햄릿의 말을 곧이곧대로 받아들여서는 안 된다며 값싸게 처신하지 말라는 충고를 듣는다.

〈2막〉

햄릿은 아버지의 죽음에 대한 복수를 하기 위해 일부러 미친 사람처럼 행동하기 시작한다. 클로디어스는 햄릿의 옛 친구들을 불러들여 그가 왜 우울해하고 힘들어하는지, 정말 미친 게 맞는지 알아내려고 한다. 이에 폴로니어스는 햄릿이 자신의 딸 오필리아를 향한 지독한 사랑앓이로 미쳤다고 주장한다.

한편, 햄릿은 자기가 본 것이 진짜 아버지의 유령인지, 삼촌이 아버지를 살해했다는 말이 사실인지 알아내기 위한 계획을 꾸민다.

〈3막〉

클로디어스는 햄릿의 석연치 않은 행동을 보고 불안한 나머지 잉글랜드로 보내려고 한다. 햄릿은 클로디어스를 떠보기 위해 〈곤자고 살해〉 장면을 무대에 연극으로 올리고, 배우들에게 왕이 독살되는 장면을 끼워 넣어 연기하게 한다. 그것을 본 클로디어스가 화를 내며 자리를 박차고 떠나자, 햄릿은 그가 아버지를 독살했음을 확신한다.

왕비의 부름으로 내실로 가던 햄릿은 죄책감을 담아 기도하는 클로디어스를 보게 된다. 그를 죽일 수 있는 기회를 잡았지만, 기도가 아니라 악행을 저지를 때 처치하기로 마음먹는다.

왕비와 만난 햄릿은 어머니의 추한 욕정을 비난하며 비수 같은 말을 마구 던진다. 그리고 이들의 대화를 몰래 엿듣고 있던 폴로니어스를 왕으로 착각해 칼로 찔러 죽인 뒤, 자신이 미치지 않았다는 사실을 어머니에게 알린다.

〈4막〉

클로디어스는 햄릿을 잉글랜드에 사신으로 보내는 척하지만, 친서에서 도착 즉시 죽이라는 명을 내린다. 잉글랜드로 가던 햄릿과 일행은 해적의 공격을 받아 사로잡혔다가 우연히 왕의 친서를 손에 넣게 된다. 선왕의 옥새를 갖고 있던 햄릿은 사신들이 도착하는 즉시 죽이라는 내용의 가짜 편지로 바꿔치기한 뒤 덴마크로 돌아온다.

한편, 아버지의 죽음에 분노한 레어티즈는 반란을 일으켜 궁으로 쳐들어오고, 크나큰 충격으로 미쳐 버린 오필리아는 물에 빠져 죽고 만다. 클로디어스는 레어티즈의 분노를 이용하여 햄릿을 죽일 계책을 세운다.

〈5막〉

덴마크로 돌아온 햄릿은 묘지를 지나가다 이십삼 년 전에 죽은 궁중 광대 요릭의 해골을 보게 된다. 그걸 통해 그 어떤 찬란한 삶도 흙 속에서 먼지가 되고, 아름다운 모습도 해골로 변하는 인간의 숙명을 깨닫는다. 그러다 우연히 오필리아의 장례식과 마주하고 비탄에 빠진 채 레어티즈와 한바탕 결투를 벌인다.

햄릿은 결투에 앞서 레어티즈에게 용서를 구하지만, 레어티즈는 아버지의 죽음에 대한 복수를 하기 위해 칼에 독을 묻힌다. 클로디어스는 독이 든 축하주로 햄릿을 죽일 계획을 세우는데, 의도치 않게 왕비가 아들의 행운을 빌며 대신 독이 든 술을 마신다. 그러는 사이, 칼이 바뀌어 햄릿과 레어티즈는 독이 묻은 칼로 서로에게 상처를 입힌다.

독주를 마신 왕비는 죽어 가며 술에 독이 들어 있음을 알리고, 레어티즈는 클로디어스의 꾐에 넘어가 칼에다 독을 묻혔음을 햄릿에게 고백한다. 이에 크게 분노한 햄릿은 클로디어스를 칼로 찔러 죽인다.

1923년에 그려진 셰익스피어의 초상화.

희곡의 정교한 표본, 〈햄릿〉

희곡의 일반적인 사건 전개는 '발단-전개-절정-하강-파국' 다섯 단계로 나뉜다. 용어의 차이는 약간씩 있지만 사건의 실마리가 보이는 단계(발단), 그것이 이어져 사건으로 전개되는 단계(전개), 사건이 얽히고 인물 간의 갈등이 극대화되는 단계(절정), 마무리를 향해 정리되어 가는 단계(하강), 사건이 마무리되는 단계(파국)로 이어지는 5단계는 정통적인 희곡의 구성 방법으로 알려져 있다.

이 구성 방법은 19세기 독일의 작가이자 평론가인 구스타프 프라이타크가 만들어 냈는데, 그리스의 희곡과 셰익스피어의 희곡을 바탕으로 정리를 했기에, 〈햄릿〉의 줄거리는 이 같은 희곡의 구성 단계를 아주 잘 드러내 보여 준다.

〈햄릿〉의 중심 줄기는 '아버지를 죽이고 어머니를 빼앗은 살인자에 대한 복수'이다. 여기에 햄릿과 오필리아의 슬픈 사랑이 곁가지처럼 전개된다. 사건의 전개와 함께 햄릿의 고뇌 역시 단계마다 다양한 변화를 보인다.

〈햄릿〉에서 사건의 발단은 유령의 출현이다. 물론 아버지의 죽음과 어머니의 결혼에 비극적 사건의 씨앗이 깔려 있지만, 이것을 표면으로 드러낸 것은 유령의 출현이다. 즉, 유령의 출현이 사건 전개의 동력으로 작용한 셈이다.

첫 단계인 1막은 복수의 이유를 알려 주고, 사랑을 의심하게 하는 비극의 실마리가 엿보이는 부분이다. 따라서 2막은 전개에 해당하며, 복수를 위한 탐색으로 이어진다. 1막에서 사건의 정황과 등장인물을 파악했다면, 2막에서는 자신의 영역에서 행동을 시작하는 인물들을 만날 수 있다.

셰익스피어의 4대 비극

셰익스피어가 쓴 희곡 중에서 '셰익스피어의 4대 비극'이라 불리며, 최고의 희곡 작품으로 평가받고 있는 네 작품이 있다. 바로 〈햄릿〉, 〈오셀로〉, 〈리어 왕〉, 〈맥베스〉이다. 이 가운데 〈햄릿〉을 제외한 세 작품의 내용을 살펴보자.

〈오셀로〉

1884년경의 〈오셀로〉 공연 포스터.

'베니스의 무어인 오셀로의 비극'이 원제목으로, 1604~1605년 사이에 공연되었다. 질투가 인간을 어떻게 비극으로 몰아가는지를 잘 보여 주는 비극이다. 데스데모나와 결혼한 무어인 장군 오셀로는 부하 이아고의 음모에 빠져 부인을 살해한다. 하지만 이아고는 부관의 지위를 캐시오에게 준 것에 앙심을 품고, 그가 데스데모나와 부정한 관계인 것처럼 꾸민 것이다. 질투의 광기에 사로잡혀 아내를 목 졸라 죽인 오셀로는 음모가 밝혀지자 자책감 속에서 자살한다.

〈리어 왕〉

1605년에 쓰인 작품으로, 노년의 리어 왕이 고통과 수난 속에서 인간과 삶의 진실을 깨닫는 비극이다. 리어 왕은 환심을 살 만한 말로 아첨하는 첫째 딸과 둘째 딸에게만 영토를 주고, 진실한 답을 하는 막내 딸 코델리아에게는 영토를 주지 않고 내쫓는다. 그러나 딸들에게 내쫓겨 정신이 이상해지고 코델리아에게 가게 되지만 딸을 알아보지 못한다. 전쟁에서 리어 왕과 코델리아는 포로로 잡히게 되고, 코델리아가 병사의 손에 죽는다. 리어 왕은 코델리아를 안고 후회와 비탄 속에서 숨을 거둔다.

〈맥베스〉 공연 포스터.

〈맥베스〉

모순의 극단을 보여 주는 비극이다. 국왕의 사촌이자 전쟁에서 많은 공을 세운 용맹한 장군 맥베스. 마녀들의 예언과 아내의 부추김 속에서 스코틀랜드 왕이 될 야망을 품고 왕과 여러 사람을 죽인다. 그러나 맥베스 부부는 망령에 시달리게 되고, 양심의 가책으로 공포 속에서 살아간다. 결국 부인은 몽유병으로 절벽에서 떨어져 죽고, 맥베스는 맬컴 왕자와 함께 쳐들어온 맥더프의 칼을 맞고 죽는다. 맬컴 왕자가 왕위에 오르면서 모든 것이 제자리를 잡는다.

여기서 사건은 조금 더 동적으로 변화해 간다. 햄릿은 복수를 위해 일부러 미친 척하고, 클로디어스는 햄릿의 행동을 주의 깊게 탐색한다. 햄릿의 옛 친구들을 부르는가 하면, 신하인 폴로니어스를 통해 이것저것 알아보게 한다. 햄릿 역시 진실을 파헤치기 위한 행동을 적극적으로 개시한다.

3막의 절정 단계에선 인물 간의 갈등과 사건의 얽힘이 최고조에 달한다. 엇갈린 인간관계와 복잡해지는 사건 전개는 관객들의 손에 땀을 쥐게 한다.

〈곤자고 살해〉 공연 때 보인 반응으로 클로디어스의 범죄를 확실시하고, 햄릿은 그를 거의 죽일 단계까지 몰아간다. 이야기의 다른 한 축인 햄릿과 어머니와의 가시 돋친 설전은 읽는 이들의 심장을 서늘하게 만들 정도로 아슬아슬하다. 아들이 어머니의 성적 취향까지 비난하는 이 원색적인 대사는 21세기를 사는 우리도 입을 쩍 벌릴 만큼 적나라하다.

그 뒤 햄릿은 사랑하는 여자의 아버지를 왕으로 오인하여 죽

1897년에 미국 화가 에드윈 오스틴 애비가 그린 〈햄릿〉 속의 '곤자고 살해' 장면.

이면서, 그야말로 엄청난 갈등의 소용돌이 속으로 휘말린다.

4막에 이르면서 사건은 하강 단계로 접어든다. 이제 모든 것이 끝을 향해 달려간다. 아버지를 억울하게 잃은 레어티즈는 클로디어스의 책략에 말려 햄릿을 죽일 계획을 세운다. 거기에 엎친 데 덮친 격으로 오필리아마저 죽음에 이른다.

5막은 마지막 단계인 파국으로, 말 그대로 모든 것이 끝장나는 과정이다. 결국 죽음이 모든 것을 삼켜 버리는 것으로 막을 내린다. 5막의 첫 장면이 묘지 장면인 것은 죽음으로 끝나는 복수극의 비극성을 상징하고 있다 하겠다.

이렇듯 극의 전개는 독자를 빨아들이는 듯한 대사와 행동 속에서 한 치의 오차도 없이 차근차근 전개된다. 실마리를 바탕으로 이야기가 조금씩 풀려 나가고, 칡과 등나무가 얽히듯 등장인물의 갈등과 대립으로 사건이 꼬이면서 손에 땀을 쥐게 한다. 시간이 흐르면서 숨겨진 진실이 조금씩 모습을 드러내다가, 뭉쳐 있던 실타래가 풀리듯이 갈등이 해소되면서 일단락을 맺는다.

살 것인가, 죽을 것인가? 그것이 문제로다!

'햄릿 증후군'이란 말을 들어 보았을 것이다. 흔히 결정 장애를 가진 우유부단한 사람들의 행동을 일컫는 말로, 햄릿을 망설이며 고민만 하다가 최선의 선택을 하지 못한 사람으로 바라보는 것이다. 그런데 햄릿이 정말로 결단력이 없어서 자기 주변 사람들을 다 죽음에 빠뜨린 것일까?

여기에 대해선 논의가 더 필요할 것 같다. 햄릿은 끊임없이 고뇌하는 인간이 분명하다. 그러나 그 고뇌는 새로운 결단을 위한 전 단계이자, 깨달음을 향해 나아가는 과정이라 볼 수 있다.

무엇보다 햄릿의 내적 갈등은 긴 독백 속에 잘 나타난다. 그의 독백들을 조금 더 자세히 들여다보면 단순히 망설이고 회의한다는 말로는 다 설명하기가 어렵다.

그의 독백에는 두 가지 측면이 있다. 한 가지 측면은 현실적 사건에서 비롯된 울분과 책망이다. 이는 다른 사람을 향하기도 하고, 자기 자신을 향하기도 한다. 또 한 가지 측면은 죽음과 삶에 대한 고뇌이다. 이 부분은 주로 독백으로 나타나다가, 자기 운명의 결말을 향해서 행동으로 나아간다.

먼저, 울분과 책망이 담긴 독백들을 살펴보자. 1막의 긴 독백은 외적인 상황에서 비롯된다. 어째서 어머니는 그토록 사랑하던 남편 무덤의 흙이 마르기도 전에 삼촌과 결혼을 했던가? 그는 이 사실에 삶이 지긋지긋해지면서 육체를 더러운 살덩이로 느낀다. "정말이지 약해 빠졌어, 여자란!"이라고 외치면서.

2막의 마지막 부분에는 자신을 한탄하는 햄릿의 긴 독백이 이어진다. 그는 자기 배역을 진술한 감정으로 연기하는 배우를 보며 스스로를 책망한다. 복수할 명분이 있는데도 실천하지 못하는 자신을 "난 간이 작고 쓸개도 없어. 굴욕을 당해도 그걸 쓰게 느낄 줄 모르는 놈이니까."라고 자조하듯 내뱉는다.

그러면서 결정적 증거를 확보할 계획을 세운다. 유령이 정말 아버지의 유령이 맞는지 의심해 보고, 복수라는 행동에 앞서 살인자로 추정되는 자의 증거를 잡기로 한 것이다. '아무것도 모르는 미련한 놈처럼, 몽상에 빠져 맥없이 빈둥거린다'고 스스로를 몰아세우지만, 이를 다르게 보면 커다란 비극 앞에서 마땅한 고민을 하는 이성을 갖춘 면모가 아닐까 싶다.

4막의 독백도 같은 맥락에서 바라볼 수 있다. 잉글랜드로 가던

셰익스피어가 살았던 시대는?

셰익스피어가 살았던 때는 엘리자베스 1세가 영국을 다스리고 있었다. 그때만 해도 국왕은 지상에 군림하는 신의 대리자나 다름없을 만큼 권력이 막강했다. 그만큼 귀족과 시민들은 그 아래에서 숨을 죽인 채 자신의 사회적 신분과 분수에 맞는 삶을 살아야 했다.

그러다 자본주의가 슬슬 머리를 들고, 다양한 계층으로 학교 교육이 확대되면서 기존의 사회 질서에 의문을 제기하기 시작했다. 급기야 의회에서 국왕의 특권에 제동을 거는 일까지 벌어졌다. 헨리 8세의 수도원 토지를 몰수해 재분배하고, 또 신대륙을 발견하면서 새로운 부(富)와 재물이 생겨나자 사회적·경제적으로 질서가 크게 흔들리게 되었다. 바야흐로 신·구 사상의 교체기에 들어선 것이다.

우리가 앞에서 읽은 〈햄릿〉에서 인간의 신념과 국가의 부조리, 뒤죽박죽이 된 세상 등을 언급한 것 또한 이러한 시대적 불안과 회의주의를 적극적으로 반영한 것이라 볼 수 있다.

셰익스피어가 활동하던 시기에는 극장이 시민들에게 큰 인기를 끌고 있었기에 그 영향력이 아주 컸다. 청교도를 제외한 대부분의 시민들이 오후의 여가를 즐기기 위해 극장을 즐겨 찾을 만큼 매우 대중적이었다. 그중에서도 셰익스피어가 활동하던 극단은 궁정에 들어가 왕과 귀족 앞에서 공연하는 일이 많은 데다, 여름이면 대학이나 사법 연수원, 큰 저택 등을 돌면서 순회 공연을 펼치기도 했다. 그만큼 극작가는 새로운 레퍼토리를 끊임없이 개발해 내야 했다.

한마디로 극작가는 매우 바쁜 직업이었다. 한 예로 1613년 초, 셰익스피어가 속한 극단은 14편의 연극을 번갈아 무대에 올렸다. 대부분 지붕이 뚫린 옥외 극장이었는데, 특별한(?) 관객을 위해 실내 공연장을 별도로 운영하기도 했다. 그 당시에는 연기자에게 각자가 맡은 배역에 대한 대사밖에 주지 않았으며, 여성 역할은 모두 변성기 이전의 소년 배우가 맡았다. 그 무렵의 분위기로 봤을 때, 셰익스피어가 그렇듯 많은 작품을 발표한 것이 그리 놀랄 만한 일은 아닌 듯하다.

런던 템스 강가에 있는 '셰익스피어 글로브 극장'의 외관과 내부. 1599년에 개관하여 셰익스피어의 〈햄릿〉, 〈오셀로〉, 〈리어 왕〉, 〈맥베스〉 등의 작품을 공연했다. 1997년에 옛 글로브 극장을 재현하여 새로 문을 열었다. 셰익스피어의 연극에 관한 모든 것을 만날 수 있는 곳이다.

중, 햄릿은 군대를 이끌고 폴란드를 향해 가는 노르웨이 왕자 포틴브라스를 만난다. 실익은 없고 명목뿐인 작은 영토를 위해 군대를 이끄는 그의 모습을 보며 깊은 반성을 한다. 고결한 포부와 패기로 가득 찬 이웃 왕자는 결과 따위는 아랑곳하지 않고 결연

'엘시노 성'의 모델이 된 덴마크의 고성

작품 속 햄릿이 살고 있는 궁전은 '엘시노 성'이다. 이 성은 실제로 존재하는 성을 모델로 했다고 알려져 있다. 덴마크 헬싱괴르에 있는 '크론보르 성'이다. 바닷가에 우뚝 세워진 이 성은 1574년부터 설계를 시작했다.

처음에는 지나가는 배의 관세를 받는 요새였으나 1585년 프레데릭 2세 왕이 웅장한 르네상스 성으로 개조하여 크론보르라는 이름을 붙였다고 한다. 몇 차례의 증축과 복원을 거친 이 성은 르네상스 양식을 잘 보여 주는 건축물이며, 북유럽 역사 속에서 상업과 군사적인 중요 역할 등을 맡아 왔다.

이러한 역사적 의미를 지닌 까닭에 2000년에 세계문화유산으로 지정되었다. 셰익스피어가 자신의 극에 출연한 배우에게 이곳의 이야기를 듣고 그것을 토대로 엘시노 성을 상상하여 극중 배경으로 삼았다고 한다. 현재 이곳에는 전시실을 마련해 햄릿 연극에 사용되었던 의상, 소품 등을 전시하고 있으며, 여름에는 셰익스피어의 연극이 상연되기도 한다.

크론보르 성은 대부분의 공간이 공개되고 있는데, 포위당했을 때 천 명을 수용할 수 있는 방이 있다고 한다. 지하에는 '홀러 단스크'의 동상이 있다. 홀러 단스크는 덴마크가 위기에 빠지면 잠에서 깨어나 나라를 구한다는 전설의 영웅이다.

하게 실천력을 보여 주고 있기 때문이다. 그 후, 그는 이렇게 결심한다.

'아, 지금 이 순간부터는 내 생각에도 피를 묻혀야 해. 그렇지 않으면 아무런 쓸모가 없어!'

그렇다면 죽음에 대해서는 어떨까? 1막의 독백에서 그는 자살을 금지하는 법만 없다면 죽음을 택하겠다는 말을 서슴없이 내뱉는다. 3막에서도 마치 자신이 삶과 죽음을 두고 선택의 기로에 놓인 사람처럼 이렇게 중얼거린다.

'이대로 살아, 아니면 죽어 없어져? 그게 문제야. 어떤 게 더 고결한 일일까? 가혹한 운명의 돌팔매와 화살을 받으면서 그냥 참고 견디는 것, 아니면 세상의 고통과 맞싸워 이겨서 그것들을 끝장내 버리는 것?'

〈햄릿〉에서 너무나도 유명한 대사이다. 흔히 '살 것인가, 죽을 것인가? 그것이 문제로다!'라는 대사로 알려져 있다. 그렇다면 햄릿은 진정으로 죽음을 꿈꾸고 있는 것일까?

햄릿은 독백한다. 죽음이라는 잠이 들면 어떤 꿈을 꾸게 될지 몰라서 함부로 행동할 수 없다고. 세상의 폭압과 횡포, 고통을 한 자루 단도면 끝낼 수 있는데도, 죽음 이후의 삶을 알지 못해 견뎌 내고 있다고.

죽음에 대한 햄릿의 생각은 5막에서 대화를 통해서 이어진다. 묘지를 지나던 햄릿은 한때 익살꾼 광대였던 요릭의 해골을 보게 된다.

모든 인간은 결국 한 줌 흙이 된다는 깨달음에 이른 그는 더 이상 혼자만의 고뇌 속에서 독백하지 않는다. 결국 파국으로 향하는 5막에서 햄릿의 긴 독백은 사라진다.

욕망 때문에 비극의 언저리에 선 인간들

햄릿은 고뇌를 겪으며 성장하고 변화하지만, 결국 비극적인 죽음을 맞이한다. 그러나 여기에 다른 어떤 결말이 있을 수 있겠는가? 그를 둘러싼 여러 인물들과 함께 만든 사건 속에서, 그 뒤틀린 인간관계 속에서 자기 운명을 맞이한 셈이다. 이제 〈햄릿〉속 다른 인물들도 살펴보도록 하자.

햄릿과 가장 큰 갈등을 빚는 인물은 삼촌 클로디어스이다. 그는 자기 욕망을 이루기 위해서는 어떤 일도 서슴지 않는 인간이다. 형을 죽이고 형의 아내까지 차지한 그는 끊임없이 사악한 계책을 세우며 자기가 원하는 바를 이루어 간다. 그러나 그도 인간인지라 가끔씩 죄책감을 느낄 때도 있다. '그럴듯한 말로 치장'하는 자신의 행위가 '화장으로 단장한 창녀의 볼'보다 추하다며 자신의 어깨에 진 죄의 짐을 무거워한다.

그는 햄릿이 준비한 연극을 본 뒤에도 괴로워한다. 자신이 저지른 '죄의 썩은 내가 하늘까지 찌른다'며 신을 향해 용서를 구하기도 한다. 그러나 악행을 멈추지는 않는다. 햄릿을 은밀히 감시하는가 하면 아예 죽여 버리려고 시도한다. 잉글랜드 왕의 손을 빌려 죽이려고 하다가 여의치 않자, 폴로니어스의 아들 레어티즈를 이용해 햄릿을 죽이려 하는 등 남의 손에 피를 묻히면서까지 자기의 지위를 유지하려 애를 쓴다.

햄릿과 갈등 관계에 있는 또 하나의 인물은 햄릿의 어머니이다. 어쩌면 햄릿의 영혼에 가장 큰 고통을 준 인물이라 할 수 있다. 살인의 내막을 몰랐을 때 아버지의 죽음은 햄릿을 그저 비탄에 빠지게만 했지만, 어머니가 삼촌과 재혼하는 순간 여성에 대한 혐오감을 불러일으키게 된다.

그래서 그런지 햄릿은 어머니에게 가장 신랄하게 독설을 퍼붓는다. 창녀의 낙인을 찍었다느니, 악귀에 홀려 눈뜬장님이 되었다느니, 머리에 서리가 내린 나이에도 몸이 달아오르고, 이성마저 욕정의 뚜쟁이 노릇을 한다느니 하는 대사를 보면, 햄릿이 가장 미워하는 대상은 아마도 자기 어머니가 아닌가 싶다.

그다음은 햄릿이 사랑한 여인 오필리아를 들 수 있다. 그녀는

아버지가 사랑하는 사람에게 살해당하자 미쳐서 끝내 목숨을 잃은 비극적인 여주인공 오필리아. 많은 예술가들이 그녀의 극적인 이야기를 소재로 삼아 다양한 작품을 선보였다.

영화로 다시 태어난 〈햄릿〉

런던의 '글로브 극장'에서 1601년쯤에 초연되었던 〈햄릿〉은 그 후 무수히 연극으로 공연되고 영화로 만들어졌다. 지금도 '셰익스피어 글로브 극장'에서는 〈햄릿〉이 공연되고 있고, 세계 곳곳에서 연극이나 뮤지컬, 영화로 다시 태어나고 있다. 영화로 만들어진 〈햄릿〉 중에서 사람들의 기억에 선명한 몇 편을 다 함께 들여다보자.

1948년, 로렌스 올리비에 감독·주연의 〈햄릿〉

이 영화는 〈햄릿〉 영화의 고전처럼 여겨진다. 원작에 충실한 나머지, 장면이 자주 전환되지도 않는다. 영화이면서도 연극적인 특징을 보여 주는 작품이다. 햄릿 역을 맡은 로렌스 올리비에는 셰익스피어의 연극을 위해 태어난 배우라는 평을 받았을 정도로 여러 편의 셰익스피어 작품에 출연했다. 이 영화로 아카데미 남우 주연상도 거머쥐었다.

1990년, 멜 깁슨 주연의 〈햄릿〉

원작과는 다르게 선왕의 장례식 장면부터 시작하지만, 이후의 전개 과정은 원작과 크게 다르지 않다. 로렌스 올리비에의 햄릿에 비해 더 감정적인 격동을 보여 준다. 특히 어머니를 비난하는 장면에서 이성을 잃고 어머니에게 분노를 쏟아 내는 모습은 '햄릿'을 오이디푸스적으로 해석하는 면을 보인다. 오이디푸스는 그리스 신화 속에서 어머니와 결혼하고 아버지를 죽이고 마는 비운의 인물이다. 흔히 아들이 어머니를 사랑하고 아버지를 미워하는 감정을 가지는 현상을 '오이디푸스 콤플렉스'라 부른다.

1996년, 케네스 브래너 감독·주연의 〈햄릿〉

케네스 브래너는 제2의 로렌스 올리비에라 불리며 셰익스피어의 여러 작품을 연출하고 출연했다. 이 햄릿은 4시간 30분짜리의 긴 영화이다. 햄릿을 현대적으로 재해석했다는 평을 받을 만한 장치를 여러 곳에 두고 있다. 이전의 햄릿에 비해 이성적인 모습을 보여 주며, 오필리아도 비교적 격정적인 모습으로 그려진다. 마지막 부분에서 포틴브라스가 왕위를 계승하는 내용이 원작처럼 평화롭지만은 않다.

햄릿을 사랑하면서도 한없이 수동적인 자세를 보인다. 자기 오빠와 아버지의 말에 귀 기울여 사랑하는 사람의 고통이나 진심을 제대로 헤아리지 않고, 오히려 햄릿을 탐색하려는 왕과 아버지에게 이용당한다. 그 나약함이 자신을 미치게 해 결국 죽음으로 이끌었는지도 모른다.

한편, 이것저것 앞서 판단하고 나서기 좋아했던 폴로니어스는 매우 세속적이고 현실적인 인물이다. 자기만의 좁은 판단으로 아들딸에게 훈계하고, 남을 판단하고, 그저 권력자의 편에 서서 거들먹대다가, 휘장 뒤에서 무의미한 죽음을 맞이한다.

폴로니어스의 아들인 레어티즈는 비극의 소용돌이 속에 끼어들어 희생당하는 인물이다. 사려가 깊고 빼어난 재능을 지닌 젊은이였으나, 솟구치는 복수와 분노의 감정 속에 파묻혀 클로디어스에게 이용당하다가 죽음을 맞고 만다.

처음부터 끝까지 충직한 모습을 보여 주는 이는 햄릿의 친구, 호레이쇼이다. 사건의 전개를 뒤흔들 만한 커다란 역할은 없지만 햄릿의 조력자로 마지막까지 옆을 지킨다. 햄릿은 그를 열정과 이상이 조화를 잘 이루는 사람이며 감정의 노예가 아닌 사람이라고 평가한다.

이처럼 〈햄릿〉의 등장인물들은 햄릿을 둘러싼 비극 속에서 때로는 의도적인 가해자(클로디어스)가, 때로는 의도치 않은 가해자(왕비)가 된다. 아무 생각 없이 악행에 동조하는 자(폴로니어스, 로젠크란츠, 길드스턴)가 있는가 하면, 악행에 이용당하다 희생되는 자(레어티즈), 비극에 휘말린 희생양(오필리아) 등으로 작품 속의 한 축을 담당한다.

삶의 통찰이 스민
셰익스피어의 주옥 같은 언어

　햄릿이 수백 년 동안 사랑을 받아온 것은 그 줄거리와 인물들이 사람들의 마음을 끌었기 때문이다. 희곡은 무대 위에서 인물들이 토해 내는 대사 하나하나로 표현되는 만큼 관객과 독자들의 마음에 깊은 울림을 주었다.

　가령, 사악한 인물 클로디어스가 형의 죽음을 애도하는 척하면서 '그분을 추모하는 중에도 국왕의 직분을 잊지 않는 것 또한

17세기의 셰익스피어를 만날 수 있는 곳

영국 런던에서 북서쪽으로 160킬로미터쯤 떨어진 곳으로, 에이번 강 위에 자리 잡은 작은 마을이 셰익스피어의 고향이다.

런던에서 기차로 2시간쯤 걸린다. 셰익스피어가 살았던 16~17세기의 느낌이 물씬 풍기는 마을이다. 이곳에는 셰익스피어가 태어난 집과 은퇴 후 살았던 집, 아내인 앤 헤서웨이의 집, 어머니 메리 아든이 자란 집, 딸 수잔나와 남편이 살던 집 등이 있다. 셰익스피어의 생가 옆에는 셰익스피어 센터를 지어 연결했다. 센터의 전시실에서 그의 생애, 작품에 대

셰익스피어가 태어나 어린 시절을 보낸 집. 그가 살았던 16~17세기의 모습으로 복구해 대중에게 공개하고 있다.

한 전시물을 본 후 생가로 들어서면 그가 살았던 시대로 돌아간 듯한 느낌을 받게 된다.

에이번 강가에는 그의 작품을 공연하는 로열 셰익스피어 극장이 있다. 그곳에 들러 연극 관람을 해도 좋을 것이다. 〈햄릿〉 공연이라면 더더욱. 셰익스피어의 삶과 그의 가족, 그의 작품 세계를 두루 되짚어 보며 에이번 강가를 따라 걸으면 홀리 트리니티 교회에 다다른다. 바로 그곳이 여행의 종착지, 셰익스피어의 무덤이다.

지혜로운 일'이라며 '한눈으로는 웃고, 한눈으로는 울면서, 장례식에서는 즐겁게, 결혼식에서는 슬프게, 기쁨과 슬픔의 무게를 똑같이 저울질하여 아내로 맞아들인다'는 그 절묘한 표현은 그의 위선을 더 두드러지게 한다.

햄릿이 왕비를 향해 "제발, 양심의 상처에 마음을 달래는 약 같은 걸 바르려 하지 마세요."라고 던지는 비유적인 대사는 또 어떤가? 그냥 '양심을 찾으세요.'라는 말에 비해 훨씬 더 귀 기울여 듣게 된다. 왕의 손에 놀아나는 옛 친구들을 '해면 같은 아첨꾼'으로 표현하거나, 죽어 구더기의 먹이가 되는 인간을 빗대 "구더기를 먹이기 위해 우리를 살찌웁니다."라고 말하는 부분에서는 삶의 덧없음을 느끼기도 한다.

마지막으로, 달변가인 등장인물들이 죽음으로 모두 입을 닫을 때, 햄릿이 호레이쇼에게 남긴 마지막 말도 깊은 울림을 준다. 자신의 이야기를 올바르게 전해 달라는. 그것은 호레이쇼뿐만 아니라, 관객이며 독자인 우리에게도 과제로 남는다.

이렇듯 우리는 〈햄릿〉의 장면장면 속에서 탁월한 은유와 비유로 인생을 깊이 있게 통찰하는 셰익스피어의 절묘한 표현들을 발견한다. 삶의 어느 지점에서 우리 자신이 등장인물이 되어 그 대사를 읊조리고 있을지도 모르겠다. 그것이 또한 우리가 〈햄릿〉을 정독해야 할 이유이기도 하다.

수수께끼로 가득한 셰익스피어의 삶

영국 최고의 극작가 셰익스피어는 1564년에 영국의 스트랫퍼드 어폰 에이번에서 태어났다. 그러나 그의 출생과 죽음, 행적,

그 어느 것도 확실한 기록으로 남아 있지 않다. 단지 스트랫퍼드의 교구 기록에 나와 있는 세례 일자는 1564년 4월 26일이다. 그래서 사람들은 그보다 2~3일 앞선 4월 23일을 생일로 보고 있다.

그는 팔 남매의 맏이로 태어났다. 아버지는 셰익스피어가 네 살 때 당시 인구 이천 명쯤 되는 스트랫퍼드의 읍장을 지냈다. 그의 집은 상업과 가공업, 농사 등을 겸하고 있어서 상대적으로 윤택했던 것 같다.

열여덟 살 때, 같은 마을에 살던 스물여섯 살의 앤 해서웨이와 결혼하여 세 명의 자녀를 낳았는데, 그중 아들 햄닛은 열한 살 때 세상을 떠난다. 신기하게도 우리가 앞에서 읽은 비극의 주인공과 발음이 같다.

그는 1590년쯤부터 희곡 작품을 쓰며 런던에 머물렀고, 그의 이름도 널리 알려지기 시작했다. 그는 극작가로 활동하던 초기에 〈헨리 6세〉, 〈리처드 3세〉 등을 썼으며 〈한여름 밤의 꿈〉, 〈뜻대로 하세요〉, 〈베니스의 상인〉, 〈로미오와 줄리엣〉 같은 작품들을 발표한다.

작품 활동의 후반기에 셰익스피어의 4대 비극이라 불리는 〈햄릿〉, 〈오셀로〉, 〈리어 왕〉, 〈맥베스〉가 무대에서 상연되었다. 이 무렵이 작가로서의 역량을 최고로 발휘한 시기이기도 했다. 사람들은 셰익스피어에 대해 찬사를 아끼지 않았다.

엘리자베스 여왕은 "국가를 모두 넘겨주더라도 셰익스피어 한 명만은 못 넘긴다."는 말을 남겼다고 한다. "셰익스피어를 인도와도 바꾸지 않겠다."는 말도 전해지지만, 정말 엘리자베스 여왕이 그런 말을 했는지는 확실치 않다. 아무튼 그가 영국의 자랑, 영국 문학사의 자랑, 더 나아가 세계 문학사에 뚜렷하게 자리 잡고 있는 위대한 작가임에는 틀림이 없다.

세익스피어의 무덤. 이곳에 세익스피어의 두개골은 묻혀 있지 않다는 소문이 있다. 1879년에 미국 잡지 〈아거시〉는 1794년 당시 세익스피어의 두개골이 묘지에서 도굴되었다고 구체적으로 보도하기도 했다.

　그는 런던 글로브 극장의 전속 작가로 이십 년 이상 일했고, 극단의 공동 경영자와 배우 역할 등을 겸하면서 영국 문학사에 길이 남을 희곡 작품들을 썼다. 38편에 이르는 희곡과 시집은 그의 왕성한 창작 활동을 단적으로 보여 준다.

　한편에서는 중등 교육 기관인 그래머 스쿨을 다닌 것이 전부인 세익스피어가 그 대작들을 썼을 리 없다며 세익스피어의 희곡 작품에 의문을 제기하기도 한다. 향락의 일종인 연극 공연의 대본을 귀족들이 공공연하게 쓸 수 없었기에 다른 사람이 쓰고 세익스피어의 이름만 빌린 것이라는 추측을 하는 사람도 더러 있다. 또, 누군가는 "아는 것이 힘이다."라는 말로 유명한 프란시스 베이컨이 진짜 세익스피어인지도 모른다는 의문을 던지기도 한다.

　이 모든 추측과 의문은 그저 '설'에 불과하다. 인생의 깊은 의미를 통찰할 수 있는 이라면, 어디서 태어나 어떤 교육을 받았든 인간의 마음을 울리는 위대한 작품을 너끈히 써낼 수 있지 않을까?

푸른숲
징검다리
클래식
044

햄릿

첫판 1쇄 펴낸날 2018년 3월 30일
4쇄 펴낸날 2023년 10월 10일

지은이 윌리엄 셰익스피어 **옮긴이** 송무
발행인 김혜경 **편집인** 김수진
주니어 본부장 박창희
편집 강정윤 정예림 조승현
디자인 전윤정 김혜은
마케팅 최창호 임선주
경영지원국 안정숙
회계 임옥희 양여진 김주연

펴낸곳 (주)도서출판 푸른숲
출판등록 2003년 12월 17일 제2003-000032호
주소 경기도 파주시 심학산로 10, 우편번호 10881
전화 031) 955-9010 **팩스** 031) 955-9009
인스타그램 @psoopjr **이메일** psoopjr@prunsoop.co.kr
홈페이지 www.prunsoop.co.kr

ⓒ푸른숲주니어, 2018
ISBN 979-11-5675-162-5 44840
 978-89-7184-464-9 (세트)